THIERRY VIEILLE

# LE CORPS DE ROLAND

LE BORD DE L'EAU

B.P. 61 — 33360 LATRESNE (près BORDEAUX)

ISBN 2-911803-52-3

Site : www.editionsbdl.com

# PREMIÈRE PARTIE

## LE TRAIN PARIS-MARSEILLE

Je n'avais pas rencontré Roland depuis cinq années au moins, et j'eus toutes les peines du monde à le reconnaître. Ce n'était pas tellement dû au temps passé depuis, mais plutôt au changement radical de sa physionomie : traits tirés, peau granuleuse, pores dilatés à l'extrême et plaques d'eczéma séborrhéique sur le front et les ailes du nez. Son teint paraissait blême et terne ; son corps épaissi, voire déformé comme un vieux ballon gonflé à l'hélium. Pour le médecin que j'étais, et que je suis toujours, ce spectacle ne faisait aucun doute : Roland était malade, et peut-être gravement. Au moment même où je m'approchais de lui, dans l'allée de cette voiture de train à grande vitesse, bondée à craquer, ses yeux croisèrent fugitivement les miens. Je fus brusquement saisi par leur tristesse tourmentée. Il baissa la tête, se retourna, et tenta avec une certaine violence de se frayer un chemin parmi les voyageurs debout dans l'allée. Surpris par cette attitude, je devinai toutefois très vite, que les traces d'humidité sur ses joues étaient bel et bien des larmes.

Éteignant nerveusement ma cigarette dans le cendrier mural déjà bien encombré de la Société Nationale des Chemins de Fer, je me mis, à mon tour, à presser le pas, à pousser des postérieurs, à bougonner, à marmonner des excuses, à presser les boutons des portes coulissantes, pour le rattraper. Il fallut me rendre à l'évidence : Roland m'avait échappé.

Je fis alors demi-tour, et regagnai ma place ; le paysage qui filait à toute allure, brouillait mes yeux, en même temps que des souvenirs s'égrenaient en moi.

Jeune médecin à Marseille, dans les années 1970, j'avais fait la connaissance de Roland alors qu'il venait d'atteindre sa onzième année. Son intelligence et sa vivacité m'avaient tout de suite conquis, mais je percevais déjà chez cet enfant, un terrain psychique fortement tourmenté. Je me souviens d'ailleurs, et avec précision, de ma première visite à son chevet.

Roland était alité, et présentait les habituels symptômes de la rhino-pharyngite accompagnés de forte fièvre. Au cours de l'examen, j'avais pu, entre autres, remarquer certains tics de la face. J'avais interrogé l'enfant à ce sujet. Très vite, sa mère avait interrompu notre conversation pour me faire part des difficultés que Roland avait eues à s'adapter, non seulement à un nouveau lieu de vie, mais spécialement à un environnement urbain tel que Marseille. Trois mois auparavant Roland vivait encore dans une petite ville entourée de champs et de collines. La mère m'avait expliqué que son fils — mais je devinai qu'elle me parlait surtout d'elle — avait vu la vie se rétrécir et l'étouffer, dans cet urbanisme où l'air, le temps, et l'espace semblaient viciés et vissés à un bitume courant, maculé d'urines et d'excréments, et qu'aucune nature n'habitait.

Roland avait très vite présenté des signes de fatigue, de souffrance et de nervosité. Cela s'était traduit par des tics de la face puis du corps tout entier, dans un crescendo qui l'épuisait et l'isolait davantage.

Une mise en quarantaine le fit passer pour un paria, un malade mental. Seul le sommeil du soir savait l'apaiser. À ce phénomène, me disait-on, s'étaient greffés, depuis peu, des épisodes de terreurs nocturnes et des crises de somnambulisme.

« Il devient fou en ville ! m'avait dit sa mère, tout ce béton, pas d'arbres, rien ! Vous savez docteur, je vais vous dire une chose : je crois bien que l'on arrache les arbres pour construire des hôpitaux et y enfermer des fous qui le sont devenus à force de ne plus voir d'arbres ! J'en suis sûre ! »

Cette phrase m'avait impressionné. De plus, quelque chose m'avait frappé dans cette famille et chez cet enfant, mais aujourd'hui encore, je ne saurais encore en préciser la nature.

C'était bien la seule fois de ma carrière que je souhaitais qu'un enfant me choisisse pour médecin.

Le diagnostic posé, le traitement prescrit et la consultation réglée, je repris rapidement blouson et casque intégral, pour chevaucher ma moto vers d'autres appels de détresse que la notion dominicale rendait urgents.

En provenance de Paris, le T.G.V. ne s'arrête que deux fois avant Marseille : Lyon-Perrache que je confonds toujours avec Lyon-Part-Dieu, et Avignon.

À l'évidence, dans la mesure où nous avions déjà dépassé la Cité des Gaules et la Cité des Papes, Roland n'avait pu descendre. Il fallait donc m'attendre à ce qu'il m'évite, et quelque chose me disait que si nous étions face-à-face de nouveau je ne devais en aucun cas me précipiter vers lui.

Ça, je le savais depuis notre première rencontre, il y a bientôt vingt ans : Roland choisirait son heure. Il était donc inutile de le traquer.

Le haut-parleur de la gare phocéenne me fit sortir de mes songes. Le train arrivait. Je rassemblai mes affaires : livres, stylos billes, sacoche, valise, avant d'enfiler mon manteau bleu marine. Une nouvelle fois je le trouvai très agréable, confortable et de très bonne coupe.

Je ne regrettais du reste aucun de mes derniers achats, réalisés, à Paris, entre deux conférences médicales.

J'avais pu alors acheter, non seulement ce manteau en laine bleu marine, mais aussi deux complets en toile de laine, l'un en pied de poule, l'autre kaki clair, cinq chemises Oxford, deux cravates en cachemire et un parfum Lancôme. Des tenues classiques, certes, mais qui me permettraient enfin de diversifier ma garde-robe largement envahie par la ligne des vêtements sport, à laquelle je m'étais habitué ces dernières années.

Avant d'en revenir à Roland, il me faut, ici, parler de moi et de mon parcours professionnel.

Voilà.

## LE DOCTEUR MICHEL

Je suis né à Alger, en 1945. La Seconde Guerre mondiale avait coûté la vie à plusieurs de mes oncles et cousins, tous âgés de vingt-deux à trente ans, et engagés de force lors de la campagne d'Italie. Je me souviens encore des lettres que certains d'entre eux écrivaient à mes parents depuis le front, et que ma mère garda, comme des reliques, pendant plusieurs années, dans une boîte à sucre.

J'ai savouré les charmes et goûté aux délices de cette Algérie, que seuls les pieds-noirs ont connue et sentie, fraîche, chaude, douce et parfumée, déchirée par une terrible guerre à laquelle heureusement j'échappai, puisque mon bac obtenu à seize ans, je débarquai à Paris aux premiers jours du mois de septembre 61, pour entreprendre des études de médecine.

Doctorat en poche au moment des événements de mai 68, je partis au service militaire jouer à l'aspirant-médecin sur la base de Solenzara, côte orientale de l'Île de Beauté, où je connus une année d'ivresses de plaisirs marins.

À mon retour de l'armée, en août 1969, un cousin de ma mère, médecin généraliste, alors installé à Marseille dans le quartier des Cinq Avenues, m'offrit une association pour deux ans, assortie en fin de contrat d'une promesse de vente de sa clientèle, prix qu'il n'annonça pas, mais qui promettait d'être très avantageux, compte tenu de la philanthropie du bonhomme.

Je pris mes fonctions de médecin généraliste, le premier lundi du mois de septembre 1969, dans une ville et un quartier nouveaux pour moi. J'avais eu, je l'avoue, une chance inouïe, d'abord avec cette association : elle avait été conclue avec un parent, ce qui par principe, facilite certaines choses ; mais aussi, comme si cela avait coulé de source, l'un de ses clients me fit la proposition de me louer un deux-pièces cuisine, salle de bains avec baignoire, balcon ensoleillé et garage, dans une construction semi-récente, à quelques minutes de mon cabinet.

Mes débuts en médecine libérale furent tout aussi simples. Contrairement à mes craintes, les clients dans leur grande majorité, ne rechignèrent pas à venir consulter un jeune médecin, eux qui pourtant s'étaient habitués à mon oncle depuis trente-huit ans. Notre lien de parenté y était pour beaucoup, je le savais.

En visite à domicile dès sept heures trente du matin jusqu'à treize heures, je m'accordais cependant un déjeuner complet et tonique, avant de reprendre mes consultations en cabinet, de quatorze heures trente à dix-neuf heures. Je m'autorisais ensuite une seconde pause, et je repartais aussitôt en visites jusqu'aux alentours de minuit, le plus souvent.

Travailler à cette cadence, avec seulement le samedi après-midi et le dimanche de libres, m'incita très vite à organiser ma vie de célibataire. Pour ce faire, je me décidai à louer les services d'une femme de ménage pour effectuer, lavage, ménage, repassage, achats alimentaires et préparation des repas du soir : mes revenus me le permettaient.

Il me fallut butiner pendant plusieurs dimanches dans les magasins de meubles, de bricolage et de décoration, pour remplacer le mobilier prêté par mon oncle en dépannage, et j'avoue avoir eu à l'époque, beaucoup de plaisir à chiner, décorer et bricoler mon refuge.

Cependant, au bout de dix mois, je dus me rendre à l'évidence : si les affaires marchaient bien, si la médecine me passionnait, ma vie personnelle, en revanche, n'était pas fameuse. À raison de quinze heures de travail par jour, voilà qui ne me laissait guère de temps pour les loisirs et les rencontres, et si parfois il m'en laissait, j'étais le plus souvent trop épuisé pour tenter une quelconque sortie. Pas d'amis, et encore moins d'amies. J'avais laissé derrière moi l'amitié et les amourettes estudiantines, à Paris. Je devais réagir au plus vite. C'est ce que je fis au mois d'août 1970, en partant dix jours en croisière sur le Nil, et quinze jours à la Martinique dans un club de vacances. J'en revins requinqué, d'autant que ce séjour m'avait permis de lier connaissance avec deux garçons et trois filles qui habitaient Marseille.

À mon retour, je n'avais pas manqué de les revoir. Ma vie se mit alors à changer, je n'hésitais plus à sortir chaque week-end et quelques soirs en semaine. Il va sans dire que ma vie s'en trouva mieux équilibrée, d'autant que ma liaison avec une certaine Anne, entamée dès l'été, se mua en une complicité assez piquante. Cependant, six mois plus tard, nous nous séparions, ce qui ne fit que réactiver le rythme de mes sorties et aventures.

En juin 1971, mon oncle me fit part de sa décision de se retirer des affaires, après quarante années de bons et loyaux services, ce qui provoqua l'accélération de mes démarches pour l'obtention d'un prêt bancaire. Comme il me l'avait promis, deux années plus tôt, son prix de vente fut fort raisonnable et je n'eus aucune difficulté à obtenir la confiance du Crédit Lyonnais. Cet achat de clientèle me permettant de mettre un peu d'ordre dans mes finances, je me mis également à la recherche d'un appartement, que je finis par dénicher dans le quartier du Camas, rue de l'Olivier. Un trois pièces cuisine donnant sur jardin. Ce fut donc deux emprunts et non un, que je négociai cette année-là.

Je ne pris aucun congé durant l'été 1971, et j'eus raison, car en saison normale, je n'aurais pas pu répondre à la demande de la clientèle. En effet, m'étant fondé sur les statistiques habituelles qui estiment que l'on ne récupère que 30 à 40% d'une clientèle lors d'un rachat, je pensais pouvoir assumer cette clientèle supplémentaire, sans aucun problème. Cependant, à mon grand étonnement, je m'aperçus, en octobre, que j'avais récupéré près de 90 % de la clientèle de mon oncle. Vingt heures de travail par jour représentent beaucoup trop de labeur pour un seul homme : l'appel à l'association devenait une priorité ! Le premier candidat (et le dernier) fut une femme avec qui je fis tout de suite affaire, non seulement pour des raisons professionnelles évidentes, mais aussi pour son charme et ses formes. Comme je l'avais pressenti, cette association professionnelle ne dura qu'une année... Pour finir en mariage, tout simplement.

Alice attendit très vite un bébé, ce qui la motiva à s'arrêter dès le quatrième mois et à se faire remplacer par une consœur qu'elle avait tenue à choisir personnellement, et d'une laideur telle, qu'un adultère eût été difficilement envisageable.

Cette nouvelle vie contribua à m'assagir dans la frénésie d'actes médicaux, et j'envisageai alors mon avenir professionnel autrement. En accord avec mon épouse, je pris la décision d'entreprendre une spécialisation en neurologie. Afin de pouvoir vivre confortablement et suivre pendant quatre années ce nouveau cycle de formation, j'organisai un exercice de la médecine générale peu orthodoxe, assurant seulement des consultations et des visites à domicile en après-midi et soirées, ce qui me permettait de libérer toutes mes matinées pour les cours et les stages. Ceci au grand bonheur de la remplaçante d'Alice, à qui je proposai une deuxième association. Alice reprit ses activités trois mois après la naissance de Vanessa, et je pus dès lors décrocher totalement de la médecine libérale pour me consacrer à mes études, acceptant notamment un poste d'externe des hôpitaux dans le service de neurologie du Professeur Choudian.

Trois années passèrent ainsi, et tandis que je me spécialisais, Alice assurait le cabinet, trouvant tout de même le temps de mettre au monde un petit Sébastien, en 1975.

À la fin de mon cycle de formation, n'ayant pu décrocher un poste d'assistant comme je l'avais espéré, je dus me résigner à accepter deux vacations hebdomadaires, l'une à l'hôpital de la Timone, l'autre à l'hôpital Sainte Marguerite, et à m'installer en libéral, rachetant au prix fort, la clientèle d'un neurologue installé sur le boulevard Baille, et qui partait à la retraite. Le rythme fou de mes débuts reprit, et ce fut bien là une chance, puisque j'assurai dès le début, plus de quarante heures de consultations du lundi au vendredi, de 8h à 20h, et quelquefois même le samedi matin. Je ne pouvais que me féliciter de cette réussite, ce qui signifiait de substantielles rentrées d'argent et une vie très confortable. Alice décida alors de mettre ce bénéfice à profit, d'une part en nous faisant acquérir un pavillon de six pièces à la Pointe Rouge, et d'autre part, et dans l'ordre, de faire un troisième enfant, et d'entamer un cycle de spécialisation en psychiatrie.

En 1977 naissait Emmanuel.

En 1980, Alice s'associait à mon cabinet de neurologie en qualité de psychiatre-psychothérapeute et sexologue. Notre vie familiale et professionnelle se stabilisait enfin. Mais constamment avide de connaissances, j'entrepris au grand dam de la corporation, une spécialisation en auriculothérapie sur deux ans, que la faculté de Lyon avait mise en place en 1984, sous la direction du Professeur Dargentier, neuro-urologue renommé.

Tous ces souvenirs s'étaient égrenés en moi, à la seule vue d'une photographie glissée dans mon portefeuille, et que j'avais retrouvée en cherchant de quoi payer le taxi. Papier glacé sur lequel je posais en compagnie de ma femme Alice et de mes trois enfants : Vanessa, Sébastien et Emmanuel, âgés respectivement de seize, quatorze et douze ans. Je fus tellement surpris par ces chiffres que je les avais répétés machinalement à haute voix.

## L'APPEL DE ROLAND

Le taxi me déposa directement devant mon cabinet médical où je devais récupérer du courrier et surtout ma voiture. J'ai toujours eu une sainte horreur de stationner au parking de la gare, qui est horriblement sale et lugubre. Les rues de Marseille sont habituellement désertes passé vingt-trois heures, et j'avoue que ce soir-là, j'avais particulièrement hâte de glisser ma clé dans la serrure de mon cabinet et de m'y réfugier ; fatigue de voyage certainement...

Comme je m'y attendais un peu, par la fenêtre, je vis que Roland était là, sur le trottoir d'en face. J'attendis une bonne minute avant de sortir, car je suis sûr qu'il m'avait aperçu à travers les rideaux.

— Docteur Michel, me cria-t-il, il faut que je vous parle !

— Je m'en doute Roland ! Viens !

Il traversa la rue qui nous séparait.

— Je ne sais plus quoi faire, docteur.

— Je sais, Roland, et tu me fais très plaisir en t'adressant à moi, rentrons dans mon bureau, veux-tu ? Nous y serons plus à l'aise.

— O.K. ! si vous avez à boire, j'ai très soif docteur.

D'un geste solennel j'ouvris la porte de mon bureau matelassée de cuir noir. Et une fois de plus, je ne pouvais qu'apprécier les aménagements effectués dans cette pièce. Ma femme et moi avions tout d'abord choisi pour le sol, un parquet en bois supérieur, et pour les murs, une tapisserie panachée de tons vert-mauve et bleus, aux reflets mordorés, un ensemble cossu et soyeux qui ne pouvait que mettre en valeur le large bureau en noyer massif. Celui-ci était orné d'un sous-main en cuir noir, d'une parure de stylos Mont-Blanc posée en évidence sur le devant, et plus en arrière, un porte-crayons, un range lettres et un bac à accessoires parquetés. Une lampe halogène, donnait à l'ensemble une lumière intimiste, dont l'intensité pouvait se régler au moyen d'un variateur au sol. Enfin, un bouquet de fleurs de saison, un ensemble coloré de fleurs des champs, ce jour-là, agrémentait le tout. J'affectionne tellement les fleurs que le contrat de travail de ma secrétaire prévoit toujours, en l'échange d'une enveloppe forfaitaire hebdomadaire, l'achat de bouquets, tous les trois ou quatre jours en moyenne. Un peu plus loin, séparée par une étagère déstructurée, surmontée d'un éclairage d'architecte, se dessinait la table d'examen et les accessoires de consultation. J'invitai Roland à s'asseoir dans l'un des deux fauteuils Voltaire réservés à la clientèle.

— Merveilleux, tout simplement merveilleux, dit Roland, encore debout, le regard fixant tour à tour les Utrillo, Monet et Van Gogh, peints par un de mes oncles.

Je lui servis un verre de Martini et des biscuits salés. Pour ma part, je m'accordai un Bourbon que je vidai d'un trait. Je procédai à une deuxième tournée, silencieuse, et je vis peu à peu Roland se détendre, et allumer une cigarette.

— Alors ?

— Alors ! Pas facile à dire... Vous vous doutez bien... Mais à vous, je peux le dire... je n'ai pas honte... Voilà, c'est tout simple : je suis impuissant depuis bientôt cinq ans ! J'ai consulté quatre urologues, quatre rhumatologues, quatre neurologues et quatre neurochirurgiens. Je viens aussi d'abandonner une psychothérapie commencée il y a deux ans avec un psychiatre-sexologue. Le tout, sans succès. Aucun résultat ! Bref, la puissance zéro. J'en suis même arrivé à errer dans les halls des hôpitaux et des cliniques, à scruter désespérément les organigrammes des différents services hospitaliers, pour y découvrir le docteur-miracle. Aujourd'hui, je suis capable de vous réciter par cœur tous les noms et spécialités de chacun des professeurs de médecine de Marseille. Parmi ceux que j'ai consultés, aucun n'a su me soigner. Et moi, je continue à souffrir : douleurs dans le périnée, les bourses, la verge, le bas du dos, la jambe gauche... Je n'ai aucune érection, ou si peu souvent, seulement cinq érections normales en cinq ans. Et je vous préviens : je ne veux plus entendre parler de psychologie à ce sujet ! Je veux bander ! C'est tout simple : je veux que l'on me soigne, que l'on me prenne en charge globalement, sans me découper en morceaux ! Entre les généralistes, les spécialistes, les psychiatres, les ostéopathes et les trentaines de séances de rééducation que j'ai pu faire, je suis épuisé. Rien n'a changé ! Vous ne pouvez pas savoir à quel point on peut se rendre malade à force de consulter trente-six médecins ! J'ai l'impression d'avoir passé toutes mes journées, depuis cinq ans, à me faire soigner ou à divaguer sur le divan d'un psychiatre. C'est complètement fou !

J'étais alors resté silencieux, pensant à ce domaine de la sexualité qui est le plus délicat qui soit, parce que directement lié à l'affectivité et au psychisme de l'être humain. D'après ce que je pouvais déduire des propos de Roland, il me consultait pour trouver une réponse concrète... Consistante, c'était le cas de le dire. Il fallait donc, pour l'instant, écarter le facteur psychologique et n'aborder que l'organicité éventuelle.

— Qu'as-tu subi comme examens médicaux ?

— Pas grand-chose ! Une radiographie du rachis lombo-sacré qui met en évidence une anomalie de la charnière lombo-sacrée ; bref une sacralisation, ainsi qu'une légère protusion discale entre la quatrième et cinquième lombaire, ainsi qu'entre la cinquième lombaire et la première sacrée, en jargon médical, L4-L5 et L5-S1.

Une peccadille qui n'a pas grande conséquence. Mais je n'ai pas les clichés sur moi. On en a déduit que c'était psychiatrique. C'est la grande mode ! Quand un médecin n'arrive pas à porter un diagnostic ou un pronostic, c'est soit un : « Vous n'avez rien ! » soit un : « C'est psychologique ! »

— Bien. Pourrais-tu de nouveau me décrire tes symptômes ? Mais cette fois-ci en détail, même les plus anodins.

— Oh là ! Vous allez hurler !

— Je t'écoute Roland...

— Tout d'abord, me répondit-il en allumant une autre cigarette, j'ai mal à la mâchoire et à l'articulation temporo-maxillaire droite et ce, depuis le jour où l'on m'a posé un bridge sur les cinq dents de devant, et un autre sur trois dents, au fond. C'était il y a cinq ans. Depuis, je ressens comme un déséquilibre permanent dans la bouche qui m'empêche de me reposer les mandibules, et me provoque des vertiges, des maux de tête et des douleurs à la nuque au niveau des cervicales. Ajoutez à cela des insomnies à cause des contractions de la mâchoire. Et pourtant, mon dentiste ne trouve rien d'anormal. Entre nous, il est nul, menteur et juste bon à ramasser du fric !

— Et au bas-ventre ?

— J'ai mal du milieu du dos jusqu'au coccyx, périnée et scrotum, en passant par la fesse gauche. Puis ça repart de la racine des bourses jusqu'en bas de la jambe gauche par la face interne. J'ai quelquefois mal aux deux jambes et dans ces cas-là, ça se situe sur les faces externes jusqu'au gros orteil. Et quand je dis, j'ai mal, j'ai mal ! Croyez-moi ! Mais c'est la douleur au périnée qui est, de loin, la plus horrible, avec des épisodes de contractions et de rétractions atroces, si bien que mes couilles rentrent à l'intérieur et que ça me fait une verge de gamin de cinq ans ! Ou alors, c'est la paralysie et l'avachissement complet de l'appareil génital, avec des mini-érections que je ne sens même pas, et des sensations d'anesthésie intermittentes en selles !

Je retrouvais là l'esprit de précision auquel Roland m'avait habitué dès son plus jeune âge, avec cette curiosité toute particulière pour les sciences médicales, sans oublier ses emportements à la limite de la vulgarité quand il voulait être très précis.

— Si tu le veux bien, je vais t'examiner. Déshabille-toi et allonge-toi sur la table d'examen... À quand remonte notre dernière entrevue ? Il y a cinq ans, c'est ça ?

— Non, docteur, il y a plus de sept ans, je le rappelle d'autant plus que je vous avais consulté juste avant mon exemption pour le service militaire...

Il s'allongea et je procédai alors à un examen long, minutieux et délicat. Une exploration clinique qui me permit de constater des trajets douloureux sur le petit bassin et une apparence atrophiée de l'appareil génital.

En conséquence, confrontant l'ensemble des symptômes décrits avec les données recueillies à la palpation, il me fut aisé de diagnostiquer, soit une hernie discale, mais la radiographie du rachis ne le montrait pas, d'après ce que m'avait dit Roland, soit un syndrome de la queue de cheval.

De plus, il présentait certains déplacements lombaires, dorsaux et cervicaux, ainsi qu'un sérieux trouble de l'articulé dentaire avec d'une part, l'absence de certaines dents, et de l'autre, une mauvaise occlusion des prothèses en place, soit douze dents au total. Enfin je constatai une tension artérielle basse à 09,5, et notai une cicatrice de quinze centimètres à l'épaule droite correspondant au désenfouissement du nerf sous-scapulaire par voie trans-trapézienne au niveau du sous-épineux, une opération chirurgicale que Roland me dit remonter à six ans, soit six mois avant la pose des bridges.

Une telle chronologie ne manquait pas de m'interroger. Roland me confia les sérieux désagréments qu'il avait eus à subir à cause de cette épaule. La symptomatologie s'était déclarée peu après sa réforme, et il avait dû traîner pendant dix-huit mois avant que l'on ne se décide à l'opérer, souffrant en alternance, de paralysie du bras, ou d'atroces névralgies au point de ne plus pouvoir s'habiller seul, la rotation du bras devenant impossible.

Je reliai aussitôt cette curieuse confession aux symptômes actuels de l'appareil génital, sans qu'il y eût pour autant une corrélation médicale directe.

Par ailleurs, je m'étonnai de l'allure de Roland. Moi qui l'avais connu alors qu'il avait vingt ans, grand, costaud, et plutôt beau gosse, j'avais aujourd'hui en face de moi une petite bête apeurée, décharnée et craintive. Il avait, me semblait-il, rapetissé d'au moins cinq centimètres (il m'avoua plus tard qu'il en avait perdu huit !), il était toujours aussi large d'épaules, mais ses muscles avaient fondu à tel point qu'il semblait ne pouvoir se tenir droit qu'au prix d'une tension nerveuse permanente et épuisante. Enfin, plus aucun charme n'émanait de lui. Il était même devenu étrangement laid, mais n'en demeurait pas moins attachant. Un constat écœurant qui me donna subitement la nausée.

— Bon ! L'examen clinique est fini. Tu peux te rhabiller et on va discuter... Franchement, Roland, voilà mon avis : premièrement, au niveau de la mâchoire, je pense que tes prothèses n'ont pas respecté ton articulé dentaire et contrarient fortement ton occlusion. Il faut revoir cela. Tes vertiges, tes insomnies, tes maux de tête et de nuque pourraient très bien s'expliquer à partir de ces anomalies. Je pense même que cette absence d'occlusion remonte loin, et qu'elle a eu aussi comme conséquence la compression du nerf sus-capulaire droit.

— Et que peut-on y faire ?

— C'est simple, je vais t'adresser à l'un de mes collègues, professeur à l'École dentaire et spécialiste de l'occlusion. Et pour ne pas que tu y ailles les mains vides, je vais te prescrire trois examens, à savoir : un panoramique dentaire, une tomographie des articulations temporo-mandibulaire et une téléradio, que tu effectueras chez le seul radiologue qui possède ce type de matériel sur Marseille. Je te note son adresse au dos de la prescription. Pour tes problèmes de colonne vertébrale et de la sphère génitale, c'est plus complexe, je vais avoir besoin d'examens complémentaires, et là, il va falloir t'armer de patience et de courage. Je vais te prescrire : un électromyogramme des sphincters, que tu feras à l'hôpital de la Conception, car ce que tu me décris pourrait s'apparenter à un syndrome de la queue de cheval — je m'étonne que l'on ne t'en ait pas prescrit un seul depuis cinq ans — une résonance magnétique centrée sur le sacrum, la quatrième et cinquième lombaire et la douzième dorsale ; un bilan sanguin classique assorti d'un bilan hormonal F.S.H., L.H, R.H, testostérone, p.a.p, P.S.A et surrénalien que tu effectueras à l'hôpital de la Timone. Et enfin : un Doppler des voies génitales et des membres inférieurs...

— Ah oui ! J'ai oublié de vous dire qu'il y a dix mois, en plus des radios du dos et de l'urographie, j'ai subi un examen qui m'a mis par terre jusqu'à maintenant !

— Ah bon ! lequel ?

— Une... comment appelle-t-on ça !... Une... Une sadi-radiculographie avec injection d'iode, ce qui m'a provoqué une hypotension du liquide céphalo-rachidien...

— Rien que ça !

— Oui... et on m'a soigné avec des intraveineuses d'eau distillée et de la vitamine A parce que je voyais de plus en plus mal... Pour tout dire, je suis resté allongé jusqu'à il y a peu, car j'avais du mal à rester debout. On m'a alors prescrit des vitamines, un anxiolytique, des antidépresseurs, mais je vous avoue que je suis toujours autant fatigué !

— Je le crois aisément ! Et que dit cette radiculographie ?

— Rien ! Rien de plus que les radios...

— Rien de plus ? Ah ! je me demande si tu dois finalement passer la résonance...

— Comme vous voudrez...

— Soit ! Tu peux toujours la faire, mais apporte-moi, la prochaine fois, les résultats de la radiculographie et des radios, d'accord ?

— D'accord !

— Comme traitement, qu'est-ce que tu prends actuellement ?

— Du Témesta.

— C'est tout ?

— C'est tout...

— Et tu dors mieux ?

— Vous dire le contraire serait mentir, mais je me sens un peu drogué, et tout mou...

— Pas étonnant ! Je vais te prescrire un autre traitement : Lexomil, 1/4 matin et midi, et 1/2 le soir ; vitamines B1-B6 : 1 matin, midi et soir ; Magnéspasmyl, 2 le midi et 2 le soir ; et 3 comprimés par jour d'Hept-a-myl, pour remonter la tension.

Il parut surpris :

— Je supprime le Témesta ?

— Oui ! Comme je te l'ai dit, tu vas avoir un programme chargé : des radios, des examens, des médicaments, tu ne vas pas t'embêter ! Cela ne te fait pas peur ?

— Oh non ! Pour une fois, j'ai vraiment l'impression qu'on s'occupe de moi ! Peut-être que tout ça ne révélera rien, mais ça rassure, et ça éliminera certaines causes au fur et à mesure, n'est-ce pas ?

— Certes, cela peut éliminer certaines causes pour mieux se consacrer à d'autres... Mais... mise à part l'aspect physique, Roland, où en es-tu dans la vie, en général ?

— Dans la vie ? Pas fameux ! Mes troubles de l'érection et ma mauvaise santé en général, m'ont conduit à me séparer de la fille avec qui je vivais, et avec qui rien n'a jamais marché... sauf à de très rares moments. C'était il y a deux ans. Dans la foulée, je suis retourné vivre chez mes parents... J'ai placé mes affaires en garde-meubles. Et j'ai tellement insisté pour qu'on me fasse la radiculographie en croyant qu'on trouverait la cause du mal qui me ronge, qu'on me l'a prescrite et pratiquée. Résultat : elle m'a mis sur les genoux et contraint à l'arrêt de travail depuis dix mois ! Et comme l'on ne m'a pas reconnu en longue maladie, je me retrouve à demi salaire... J'allais oublier de vous dire que le dernier comité médical m'a ordonné de reprendre le boulot...

— Pour quelle date ?

— On ne me l'a pas encore précisée. Le Contrôle Médical me la fixera par courrier. Mais, ce qu'il y a de dingue là-dedans, c'est que si l'on ne m'a pas reconnu en longue maladie, c'est simplement parce que, lors des contrôles, je n'ai pas su quoi dire. Alors que six mois plus tôt, j'avais bénéficié d'un congé de longue maladie parce que j'avais su jouer la carte de la maladie psychiatrique. Je n'ai pas pensé à le refaire cette fois-ci. J'étais tellement dans le cirage que je n'y ai pas pensé... Ces médecins-contrôleurs sont vraiment des salauds !

— Tu pourras peut-être faire appel, n'est-ce pas ?

— Peut-être... Mais ce n'est vraiment pas urgent... ce qui compte pour moi c'est de guérir et reprendre mon travail.

— Au fait, qu'est-ce que c'est ton travail ?

— Un métier de femmes : assistant social... Un milieu tellement castrateur que je me demande s'il n'est pas pour quelque chose dans mes problèmes !

— Eh ! Eh ! m'écriai-je, c'est peut-être une idée à creuser... Bien. Je vais t'appeler un taxi et je te demanderai de me téléphoner demain, à midi, afin que je puisse te communiquer les rendez-vous obtenus. Je préfère le faire à ta place, ça ira peut-être plus vite.

Le taxi fut à ma porte, cinq minutes plus tard. Au moment de rentrer dans la voiture, Roland me fit un signe amical de la main et un sourire. Le premier...

Dans la Renault 25, vert métallisé qui me transportait chez moi, plus que je ne la conduisais vraiment, je ne pouvais m'empêcher de penser à quel point j'avais pu être maladroit avec Roland, sept années plus tôt, sept années au cours desquelles il n'avait osé me consulter... Il suffit parfois d'un seul mot dans la vie, et tout chavire...

Le lendemain, à midi exactement, téléphone :
— Bonjour docteur, vous avez pu intervenir ?
— Oui ! Voici le programme, et il y a de quoi t'occuper... Tu bénéficies bien de tes droits à la Sécurité Sociale ?
— Oui, pas de problème...
— Et d'une mutuelle ?
— Oh oui ! Je suis protégé à 100% voire même jusqu'à 150 % pour les dépassements, et 250% pour les dents !
— Parfait, tu en auras besoin ! J'ai pu avoir les rendez-vous suivants :
– Panorex, tomographie et téléradio cet après-midi à 14 h au cabinet Jouve, 24, place Castellane ;
– Doppler chez le docteur Roux à 18 h, au 24 boulevard Longchamp... C'est une femme, mais ne t'inquiète pas, tu n'as aucune gêne à avoir, elle a l'habitude de ce genre de choses...

Sans laisser le temps à Roland de me répondre, je continuai :

— Bilan sanguin, hormonal et surrénalien, pour le 2 septembre, à jeun, au service du Professeur Diaz, Médecine Interne de la Timone ;

– Résonance magnétique à la polyclinique Clairval à l'autre bout de Marseille, à 14 h ;

– Enfin l'E.M.G, le 3 septembre à 9 h, au service des explorations fonctionnelles du Professeur Dubois. Et pour clore les hostilités : consultation dentaire avec le Professeur Rodriguez, au centre dentaire Gaston Berger, à 14 h 30. Voilà, c'est tout.

— Un véritable parcours du combattant !

— Je ne te le fais pas dire... Qui veut la fin veut les moyens. Alors, tâche de ne pas trop t'affoler lors de l'électromyogramme, ce n'est pas une partie de plaisir, loin de là, ça fait mal, même très mal, surtout lorsqu'on explore la sphère génitale, mais il me le faut ! Prends deux Lexomils, fume cigarette sur cigarette, n'importe quoi, je m'en fous, mais je veux absolument cet examen ! Compris ?

— C'est entendu, je survivrai docteur... Après tout ce que j'ai connu ! Je vous revois quand ?

— Tu me contactes dès que tu auras tous les résultats. Mais à part ça, comment vas-tu ?

— J'irais presque mieux ! J'ai retrouvé un peu la pêche... Vous m'offrez une ouverture, un bilan général... c'est ce que je souhaitais depuis longtemps et on ne me l'avait jamais proposé, c'est rassurant !

— Tu voulais du concret, en voilà ! Allez, courage... À bientôt Roland !

— À bientôt, docteur...

# LE SLALOM

Je n'entendis plus parler de Roland jusqu'au dix septembre, un vendredi soir. Le téléphone retentit :

— Docteur Michel, mes examens sont prêts !

— Impeccable ! Passe à mon cabinet, disons... demain matin, disons... à 9 h 30... Ça te va ?

— Pas de problèmes, j'y serai.

Le lendemain, alors que j'arrivais à la porte de mon cabinet, Roland m'y attendait déjà. Il déposa sur mon bureau, un grand sac plastique Armand Thierry qui paraissait fort lourd.

— Ah ! Voici donc les objets du délit, dis-je sur un ton qui se voulait détendu.

— Oui, je ne sais pas s'ils doivent apporter une réponse, mais si l'on en juge par le poids...

— N'est-ce pas ? Bon, quoi qu'il en soit, nous allons opérer par étapes... Tu vas me donner tout d'abord le bilan sanguin, le bilan surrénalien et le bilan hormonal.

Roland fouilla parmi les nombreux documents, et mit un moment avant de me présenter celui que je lui demandais.

Si le bilan sanguin général était normal, je pus cependant noter un taux de triglycérides et de cholestérol total élevé, avec un facteur de risque inhabituel à son âge, ainsi qu'une glycémie et une magnésémie anormalement basses. Le bilan surrénalien, lui, était parfait. Quant au bilan hormonal, la Folliculo-Stimuling-Hormone était basse, la L.H-RH élevée, et la testostérone atteignait à peine le minimum des normales.

— Ton bilan sanguin est bon, Roland, et même s'il présente par-ci par-là des anomalies, elles sont bénignes et n'ont aucune influence sur tes symptômes. À titre préventif, je vais tout de même te prescrire de la vitamine E pour le cholestérol et les triglycérides, et te dresser un exemple de régime à suivre, ce qui te servira en même temps à lutter contre ton hypoglycémie. C'est elle qui pourrait expliquer tes vertiges. Enfin, je te conseille de continuer le magnésium pour ton hypomagnésémie. Dans tous les cas, il s'agit là de petits problèmes d'ordre général. En revanche, je te prescris huit piqûres de gonadotrophine chorionique 50 000 à raison d'une injection par semaine, histoire de relancer ta machine hormonale, et nous referons un bilan d'ici six mois. Comme tu dois le savoir, c'est la fonction qui crée l'organe, et pour ce qui te concerne, le fait que tu n'aies eu que très peu d'activité sexuelle a eu pour conséquence la baisse du taux de testostérone et l'atrophie de tes testicules. C'est la raison pour laquelle ils remontent si facilement dans le pubis. Voyons maintenant ton bilan Doppler.

— Il est normal... je crois...

— Exact ! Le flux artériel et veineux est satisfaisant au niveau des artères des branches honteuses... et la morphologie des courbes est respectée. Nous pouvons classer. Venons-en maintenant à l'électromyogramme et aux radios.

— Tenez. Je crois que nous avons du pain sur la planche !

Mon ami, le Professeur Dubois, m'écrivait ceci :

« Mon Cher confrère et ami,

« J'ai reçu ton patient, Roland Danton, pour lequel tu avais prescrit un E.M.G des sphincters. Afin de te communiquer un bilan que je voudrais complet, j'ai cru bon de pratiquer, d'un côté une exploration pelvienne et de l'autre, une exploration anale. En ce qui concerne le bilan électromyographique pelvien, celui-ci se caractérise par des signes de souffrance neurogène périphérique partielle chronique du nerf honteux interne, avec prédominance sur la branche anale, entraînant une inversion de la commande volontaire et une altération totale des réflexes balano-anal ; on note cependant une conservation d'une commande réflexe et volontaire normale sur le sphincter urétral.

« En ce qui concerne l'électromanométrie recto anale, celle-ci ne montre pas d'anomalie de pression dans les zones sphinctériennes anales internes et externes. Le réflexe inhibiteur recto anal est présent et de bonne qualité. La commande volontaire sphinctérienne entraîne une baisse de pression et un silence électrique confirmant les précédentes observations. Un complément d'examen d'E.M.G sur la portion gauche du sphincter met en évidence un ralentissement important du réflexe balano-urétral, alors que ce dernier est normal à droite.

« En conclusion, ces éléments excluent une souffrance organique du système recto anal dont la synergie fonctionnelle intrinsèque est normale ; en revanche, ils confirment une atteinte tronculaire du nerf honteux interne et orientent peu vers un syndrome de la queue de cheval, mais témoignent davantage d'un syndrome canalaire (canal d'Alcock). Le traitement par infiltrations serait alors un geste curatif simple.

« Je n'exclus cependant pas une épine irritative radiculaire sacrée.

« Avec mes sentiments les plus confraternels.

« Professeur Dubois. »

En lisant cette lettre, je ne pus que me mettre à hurler de rage, intérieurement. Pendant les cinq années qui venaient de s'écouler, pour Roland, dans la souffrance, aucun médecin — ni même le psychiatre-sexologue —, n'avait eu l'idée de prescrire un examen aussi simple, lequel aurait pu révéler tant de choses dès le début des troubles. Afin d'éviter de juger mes pairs avec la violence qui m'est coutumière lorsqu'il s'agit d'éthique — et je n'aurais pas été tendre avec eux, croyez-moi —, j'ai préféré jeter un coup d'œil sur la résonance magnétique, laquelle montrait bien une protusion discale postérieure nette en L4-L5 et L5-S1, avec cependant une légère encoche visible en L4-L5, sans pour autant souligner de compression radiculaire majeure. Cela confirmait donc ce que j'avais appris au cours de la première consultation.

— Qu'en penses-tu Roland ? Ces examens n'ont pas été inutiles ! Ils semblent mettre en relief un problème relevant d'une possible organicité, mais si tu veux mon avis, ils ne disent pas tout...

— Ah ?!

— Oui, ils ne disent pas tout. C'est pour ça que je voudrais te proposer un nouveau plan d'actions... À quand remonte ta dernière urographie ?

— Trois ans.

— Donc, il est inutile d'en refaire une, on ruinerait la Sécurité Sociale qui n'est déjà pas bien vaillante ! Il me suffira d'aller toucher ta prostate, à l'occasion... Nous allons procéder en deux étapes : premièrement, je vais t'adresser à un excellent urologue, le Professeur Champellis, à l'hôpital de la Timone, qui te pratiquera les infiltrations du canal d'Alckock. À mon avis, il va t'en faire huit, quatre de chaque côté du périnée à raison de deux infiltrations par semaine, donc sur un mois maximum.

Deuxièmement, je souhaiterais prendre l'avis d'un neuro-urologue spécialisé dans la chirurgie des organes sexuels, avant de te proposer la troisième étape qui s'inscrit dans un traitement de mon cru en auriculothérapie. Qu'en penses-tu ?

— Je suivrai ce que vous m'ordonnerez de faire, pourvu que je sois en de bonnes mains. Où se trouve cet urologue ?

— À Lyon, en milieu hospitalier. Le Professeur Dargentier est le meilleur en Europe dans ce domaine ; et si tu en es d'accord, je m'occupe du rendez-vous pour dans une quinzaine, d'accord ?

— D'accord !

— Ah ! J'allais oublier... et les dents ?

— Les dents... ah oui le Professeur... le Professeur ne m'a donné aucune lettre et m'a dit qu'il vous l'enverrait directement !

Jetant un coup d'œil sur la paperasse habituellement de mise sur mon bureau (et Dieu sait pourtant comme j'aime l'ordre !), sans y repérer le document en question, je me levai et me rendis dans le hall pour ouvrir la boîte aux lettres, accrochée à la porte d'entrée. La lettre s'y trouvait. Je la décachetai alors, sans pouvoir m'empêcher de sourire, car les lettres de liaisons rédigées par mon ami Robert Rodriguez valent souvent le détour !

« Cher Michel,

« J'ai examiné ton patient avec l'attention (ou la patience) aguerrie avec mes étudiants depuis bientôt vingt ans, et je t'assure que la chose n'était pas aisée vu l'ampleur du désastre causé par mes confrères qui ont travaillé sa bouche. Ton patient a surtout subi un racket dentaire, car il ne suffit pas à cette profession, éternellement en représentation, de multiplier par quatre ou cinq fois le prix de la prothèse achetée chez l'artisan-prothésiste, il faut aussi qu'elle salope les mâchoires et laisse dégénérer les problèmes !

« Donc, voilà pour le panorama général qui se traduit en termes plus académiques, de la manière suivante : ton protégé présente un trouble très important de l'articulé temporo-mandibulaire que le rapport radiologique décrit très bien ; ce trouble a pour origine, à mon avis, la mise en place de prothèses posées au coup par coup, et surtout ce bridge antérieur de six dents qui a été posé à "la va comme je te pousse".

« Je conseillerais le protocole suivant :

« 1) la pose d'une gouttière propulsive qui permettrait, non seulement le repos musculo-tendineux de la mâchoire actuellement crispée, mais aussi d'offrir des appuis dentaires à l'arrière puisque ses dents ne touchent pas entre elles, (merci les collègues, vous avez fait très fort !) ;

« 2) de vérifier l'évolution toutes les semaines pour corriger tel ou tel appui qui se serait modifié ;

« 3) de faire d'ici un à deux mois, une mise sur articulateur des empreintes de la mâchoire ;

« 4) de poser des prothèses provisoires le temps de reprendre les racines, car je te signale qu'il n'y en a aucune de correctement obturée ; il y a même deux racines non dévitalisées sous une coiffe (encore bravo !) ;

« 5) de passer à la pose définitive de prothèses d'ici un an. À ce sujet, je pense qu'il faudra compter dix-huit dents et non dix-sept sur les vingt-quatre présentes ; je conseille vivement à ton patient de souscrire une assurance complémentaire à 200 ou 300%, car la note sera salée, même à l'Ecole dentaire, où nous pouvons lui fabriquer je t'assure, un très beau sourire à l'américaine.

« Bien amicalement, Robert .»

— Pour quelqu'un qui n'avait rien, tu sembles plutôt bien amoché ! m'écriai-je en me rasseyant et en fixant machinalement sa bouche, heureusement qu'on va pouvoir te faire du bon travail mais... Mais tu as déjà ta gouttière à ce que je vois ?

— On me l'a faite dans l'après-midi, et ça me soulage incroyablement les mâchoires... Avoir des appuis derrière et aucune gêne devant, c'est génial...

— Eh bien ! C'est parfait ! Encore une précision — et c'est en ami que je t'en parle : il y a des choses que tu ne dis pas, mais que je devine, et je souhaiterais qu'on en discute...

— Ah oui ! Lesquelles ?

— Ta tenue, ton corps, toi... Un exemple : tu te tiens mal. Sais-tu pourquoi tu te tiens mal ?

— Heu… ?

— Tu te tiens mal parce que tu te sens mal, et tu es mal dans ce corps parce qu'il te fait mal, et par-là même tu te fais mal tant sur le plan physique que sur le plan psychologique. Peu importe de savoir qui a fait la poule ou qui a fait l'œuf, il est urgent de briser ce cercle infernal et d'affiner tes sens... tes désirs et tes plaisirs. Pour ce faire, et c'est un ordre, je vais te prescrire dix séances de massage et de rééducation posturale chez une kinésithérapeute aux mains d'or, qui te dispensera des cours de maintien. De plus, pour aujourd'hui, je te prescris une invitation à déjeuner à mes frais, et un shopping à tes frais, pour habiller convenablement ce corps si mal en point, d'accord ?

Certainement surpris par mon offre, Roland prit un masque craintif. Trente secondes s'écoulèrent avant qu'il puisse me sourire en acquiesçant de la tête, et je me demandai alors si c'était lui ou bien moi, qui venait de gagner cette première manche.

Une heure plus tard, nous nous trouvions à la terrasse du Petit Marseillais, place Thiars, à deux pas du Vieux Port, une jolie place à l'italienne, où nous dégustâmes une soupe de poissons, suivie d'une escalope de saumon à l'oseille garnie d'une sauce au champagne et au beurre. Et pour finir, une terrine aux deux chocolats, le tout arrosé d'un vin rosé de Cassis bien frais, assaisonné au doux soleil du mois d'octobre.

Pour la première fois, Roland et moi échangeâmes des propos qui ne portaient pas sur la maladie. Une discussion animée sur les tenues vestimentaires nous décida à passer aux travaux pratiques, et je m'étais alors proposé d'accompagner Roland dans les deux boutiques d'Équateur, rue Grignan, deux établissements de prêt-à-porter pour hommes qui présentaient l'avantage d'offrir deux lignes vestimentaires, l'une de type classique, l'autre de type détente.

De plus, s'agissant de solderies dites de luxe, elles offraient des dégriffés d'un rapport qualité prix raisonnable.

Roland se montra gêné, complexé, replié sur lui-même. Il avait perdu, je le rappelle, quelques centimètres en taille, ce qui n'arrangeait rien à ce corps décharné dont les muscles avaient fondu. Et pourtant, je me souvenais encore de ce beau jeune homme qu'il avait été quelques années plus tôt... Puis, peu à peu, Roland sembla se détendre et me donna l'impression de prendre à nouveau soin de cette carcasse tant négligée, sachant même adopter à certains moments, des attitudes qui lui rendaient sa taille initiale et un peu de charme passé. Je l'encourageai à faire tous les essayages qu'il désirait, et je fus, je l'avoue, lent à comprendre, que ses hésitations traduisaient un sentiment coupable lié à l'argent gaspillé jusqu'alors pour un corps qui ne le méritait pas et, qui plus est, portait si mal l'habit. Il me confia d'ailleurs qu'il avait acheté ces dernières années de nombreux vêtements qui encombraient ses armoires malgré tout ce qu'il avait jeté ou donné.

— Si vous saviez docteur, ce que j'ai pu gâcher en fripes, m'avait-il dit, vous en tomberiez à la renverse !

J'ai bien dû acheter une vingtaine de pantalons, une quarantaine de chemises et une dizaine de vestes et de pulls, que je n'ai jamais pu mettre ! Ou bien je me trompais de taille en choisissant trop grand, ou bien ça devenait trop petit après la retouche ! J'ai tellement foutu d'argent en l'air que j'aurais pu m'offrir une Mercedes ! »

Les choix de Roland se portèrent sur un assortiment de lainages, de velours, de soie et de coton, dont la note l'inquiéta au moment du chèque :

— Ce n'est pas parce que l'on est pauvre qu'il faut se priver, n'est-ce pas, docteur ?

C'était bien la première fois qu'il me faisait sourire.

# RÉVISION GÉNÉRALE

Je ne vis plus Roland, jusqu'à la mi-octobre. Seules quelques communications par téléphone me tinrent au courant de l'évolution des démarches et des soins qu'il poursuivait. J'appris entre autres choses qu'il avait subi, comme prévu, les huit infiltrations de marcaïne pour tenter de désenflammer ce nerf honteux.

Le 10 octobre, Roland s'était bien rendu à Lyon pour rencontrer le neuro-urologue que je lui avais recommandé.

Le 12, à neuf heures, Roland se trouvait dans mon bureau, me remettant avec un sourire amical, un courrier lyonnais du Professeur Dargentier :

« Mon cher confrère,

« Je reçois ce jour ton patient Roland Danton, qui présente un syndrome de compression du canal d'Alcock et une dysérection importante. Il m'a fait part de son histoire et m'a présenté le résultat de ses divers examens ; je l'ai examiné juste après les infiltrations que tu lui avais prescrites, et qui semblent l'avoir soulagé de ses douleurs périnéales. L'e.m.g pratiqué post-infiltration souligne une normalisation des activités musculaires, des réflexes pelviens et des potentiels évoqués corticaux, avec récupération partielle de la commande volontaire. En conséquence, étant donné ces améliorations, je te proposerais de suivre le protocole suivant :

« — poursuivre le traitement que tu as prescrit, en y rajoutant un alpha bloquant, à savoir le xatral 2,5 mg, pendant deux mois ;

« — poursuivre les séances correctives du maintien (très important) chez la kinésithérapeute que tu lui as indiquée, et qui travaille notamment avec un spécialiste de la rééducation du périnée et des voies génitales par courant électrique. Ton patient pourrait y suivre une dizaine de séances très profitables ;

« — enfin, pratiquer, comme tu me l'as suggéré, une mesure de ses érections nocturnes suivie de trois injections intra-caverneuses et entamer le traitement auriculothérapique, qui je pense, pourrait être efficace.

« Je désirerais revoir ton patient d'ici deux mois. Je pense qu'il devrait avoir récupéré ses capacités érectiles d'ici là. Dans le cas contraire, j'envisagerai une autre thérapie, chirurgicale cette fois.

« Bien amicalement,

« Professeur Dargentier. »

— Alors qu'en penses-tu Roland ?

— À vrai dire, je n'en sais trop rien. Tous ces projets et cette attente... cela m'épuise un peu. Tout ce que je peux dire, c'est que je veux aller jusqu'au bout et guérir. Les infiltrations ont fait disparaître mes douleurs. Les cours de maintien me font revivre. L'appareil dentaire me soulage. Tout baigne, mais je ne voudrais pas vivre qu'au travers des actes médicaux. Vous comprenez ?

— Oh oui !

— C'est bien simple ! J'ai collectionné ces deux derniers mois une série d'examens et de consultations pour aller un peu mieux, c'est vrai, mais je ne bande toujours pas ! Là, rien ne bouge concrètement. J'aimerais bien commencer par reprendre mon travail, récupérer mes meubles, emménager dans un nouvel appartement et repartir du bon pied dans une nouvelle vie. Peut-être qu'il me faudrait un soutien psychologique.

— C'est bon signe, ce que tu me dis là ! Quand voudrais-tu le commencer ce soutien ?

— Dès maintenant, si possible.

— C'est possible, et j'avais même précédé ta demande en te fixant un rendez-vous avec ma femme. Elle pourra te recevoir à onze heures. Quant à retravailler, je n'y vois aucun inconvénient, le Contrôle Médical t'a-t-il fixé une date de reprise ?

— Non, pas encore. La commission doit se réunir le vingt-six octobre et on m'ordonnera certainement la reprise début novembre... Cela m'offre un peu de temps pour me préparer... Recommencer après un an d'absence n'est vraiment pas évident, croyez-moi ! De plus, il faudrait que je m'organise pour faire coïncider mes séances de maintien, de rééducation électrique et de psychothérapie sur deux soirées maximum... Il ne faudrait pas que les soins représentent ma seule activité de loisir...

— C'est vrai, les soins ne doivent pas constituer un passe-temps ! Par ailleurs, si je pratique sur toi des séances d'auriculothérapie qui, j'ose l'espérer, devraient te dynamiser, il faut aussi que tu te stimules pour retrouver tes érections. Alors là, deux solutions : lire des revues érotiques pour t'exciter, et faire l'amour. Je suis conscient du fait que ces mots te font mal, mais il n'y a pas de secret. Tu ne dois pas oublier ce que sont le désir et le plaisir. Il faut coûte que coûte faire fonctionner la machine, et si les prostituées étaient remboursées par la Sécurité Sociale, je t'en prescrirais une. Si l'amour l'était, je te le prescrirais aussi. Alors, une seule chose à te conseiller, et je sais que c'est brutal : débrouille-toi mon ami, et bonne chance !

— Si je comprends bien, c'est cinquante-cinquante ! Tout ce que j'entreprends d'un point de vue médical, au fond, c'est un essai ; rien n'est sûr ?

— La médecine n'est pas une science exacte, mon ami, et on procède toujours par paliers thérapeutiques successifs pour limiter les erreurs.

— Vous voulez dire qu'au cas où rien ne se débloquerait, il existerait d'autres moyens ?

— Bien entendu. Mais étant donné les risques encourus, on les réserve toujours pour la fin. En ce qui te concerne, les derniers recours sont les perfusions par voie du rachis, et la chirurgie.

— Alors, pourquoi ne pas s'y atteler tout de suite ?

— Je viens de te l'expliquer : on procède par ordre d'importance en réservant les thérapeutiques risquées pour la fin. La chirurgie du nerf honteux est très délicate et présente certains risques dont les conséquences sont quelquefois irréversibles. C'est la raison pour laquelle on la réserve en ultime recours, dans le seul cas où aucune thérapeutique n'aurait marché. Nous sommes d'accord ?

— Nous sommes d'accord, docteur.

## ROLAND DISPARAÎT

Finalement, Roland ne consulta ma femme qu'une dizaine de fois. Il prit tout de même le temps de se soumettre au test psychiatrique M.M.P.I. Starke R.Hataway & J.Charnely Mac Kinley. En traduction française : Inventaire Multiphasique de Personnalité du Minnesota, constitué de cinq cents questions traitées par programme ordinateur, d'après la méthode du docteur J.C. Penochet.

Les conclusions furent les suivantes :

« Ce profil est valide. Le patient a essayé de suivre les instructions et de lire les items soigneusement. Les réponses semblent véridiques et réalistes et paraissent refléter la réalité de l'individu.

« Les personnes obtenant un tel profil se présentent elles-mêmes comme étant physiquement malades. La douleur est une plainte fréquente, souvent localisée aux extrémités. Des douleurs à la tête, au cou et dans le dos sont fréquentes. Ces patients développent de façon caractéristique des symptômes en réponse à des stress psychologiques. Refoulement et dénégation rendent l'intervention du psychiatre difficile.

« De telles personnes peuvent attirer l'attention, mais ne semblent montrer aucun intérêt réel à leurs symptômes somatiques. L'égocentrisme, l'immaturité, la dépendance et une tendance passive-agressive sont souvent rencontrés. L'absence manifeste de détresse et de conflits psychologiques, ainsi que la présence d'une attitude — "tout va pour le mieux dans le meilleur des mondes" — sont souvent maintenus au prix d'un effort considérable, et demandent refoulement et contrôle émotionnel.

« De tels patients sont généralement décrits comme quelque peu rebelles, aigris, anticonformistes. Dans leur histoire et leurs comportements, des conflits avec la société et les figures de l'autorité sont le plus souvent évidents. La présence de tendances au passage à l'acte suggère une corrélation hautement probable entre ces comportements et des conflits psychologiques. Ces personnes sont souvent décrites comme impulsives et manquant d'une certaine tolérance à la frustration. Elles sont souvent insatisfaites de leurs relations sociales et se tiennent à l'écart de toute intimité.

« Le mode de pensée de ce patient peut être marqué par l'originalité, la bizarrerie ou l'excentricité. Ces patients sont décrits comme pauvres dans leurs capacités relationnelles. Ils ont tendance à échapper aux exigences de la réalité et à leurs impulsions inacceptables, par le retrait et des fantaisies qui les satisfont. Rechercher des troubles du cours de la pensée.

« De telles personnes sont souvent perçues comme ordonnées, portées à l'autocritique, et rigides. Elles tendent à se faire du souci pour le moindre problème et se montrent anxieuses, tendues et indécises. Les patients psychiatriques de ce type montrent une certaine inefficacité générale. Rationalisation et intellectualisation sont les mécanismes de défense habituels.

« Commentaires : Éliminer une névrose hystérique, une personnalité hystérique et une atteinte psychosomatique. Un traitement conservateur est conseillé. Éliminer des bénéfices secondaires et une symptomatologie de type conversion. »

Par ailleurs, afin d'aider Roland à obtenir un congé de longue maladie pour les douze mois passés, ma femme rédigea un certificat médical à l'attention du Médecin Chef du Contrôle Médical, conçu en ces termes :

« Je soussignée, Docteur Michel, certifie suivre et connaître Monsieur Roland Danton. Ce patient présente à l'heure actuelle une double symptomatologie :

« — Un état sévère d'anxiété et de dépression, ainsi que d'épuisement, survenu au décours d'une histoire clinique, avec symptomatologie algique périneo-scrotale et lombo-sacrée depuis cinq ans ;

« — Une symptomatologie périnéale et sexuelle invalidante avec coccidynie, impuissance sexuelle, troubles sensoriels et sensitifs, périnéaux et de la région sexuelle.

« Ces symptômes sont apparus au décours d'un traumatisme de la région périnéale et lombaire, survenus il y a quatre ans et réaggravés un an plus tard, avec suite d'explorations et de contraintes médicales qui ont déstabilisé le patient.

« Il a dû être suivi en psychothérapie et chimiothérapie anti-dépressive et du fait de sa symptomatologie, son contexte familial et professionnel a été profondément perturbé, avec une séparation, quatre années après le début des troubles, suivie d'un arrêt de travail de trois mois.

« Devant la persistance des troubles douloureux, une suite d'examens plus spécialisés a été effectuée récemment ; elle a mis en évidence un syndrome du canal d'Alcock avec perturbations éléctromyographiques périnéales et sensitives, ayant nécessité des infiltrations, qui ont commencé à amener une nette amélioration des sensations douloureuses ; persistent cependant des décharges motrices et des perturbations sensorielles, pouvant indiquer une intervention du désenfouissement du nerf honteux interne, si le diagnostic en cours d'exploration se précise.

« En effet, ce patient est suivi à ce sujet par un spécialiste, le Professeur Dargentier. D'un point de vue psychiatrique, il ne demeure pas moins que ce patient a été perturbé et ébranlé par une suite d'explorations et de traitements, n'ayant pas apporté d'amélioration nette, et qu'il a traversée avant que ce diagnostic ne soit mis en évidence. Il demeure à l'heure actuelle, une réactivité émotionnelle importante, un état dépressif, un sentiment d'incapacité et un manque de confiance en soi, ainsi que des difficultés professionnelles, qui ne permettent pas la reprise d'un travail dans de bonnes conditions.

« Il est indispensable d'attendre que ces explorations et le traitement qui en découle soient terminés et que, compte tenu de son histoire clinique, on envisage une reprise de travail dans le contexte d'un mi-temps thérapeutique d'au moins trois mois. »

Dans sa séance du vingt six octobre 19.., la Commission du Contrôle Médical refusa le congé de longue maladie à Roland. L'ayant placé en congé de maladie ordinaire pendant les douze mois écoulés, du premier novembre 19.. au trente octobre 19.., il lui fut demandé de reprendre son activité professionnelle le 2 novembre, sans accord de mi-temps thérapeutique.

Je ne pouvais que trouver ce verdict, sévère et injuste. Comme si, tous s'étaient ligués pour s'acharner sur Roland, alors qu'il levait la tête pour la première fois depuis cinq ans. Devant une attitude si inhumaine, d'un commun accord, ma femme et moi, étions convenus de soutenir la procédure d'appel que Roland avait déposée auprès du Contrôle Médical Supérieur. En effet, outre les conséquences pécuniaires d'un congé de maladie ordinaire, puisque dans ce cas l'intéressé est rémunéré à demi salaire, celui-ci peut aussi compromettre un processus de guérison d'un patient, ce dernier ayant besoin de tracer une frontière entre la période où il a été malade et celle où il est en voie de guérison. Reconnaître à Roland, un simple congé de maladie ordinaire — quel vilain mot — équivalait à ne pas le considérer comme un malade véritable. En somme, c'est un peu si on l'avait traité de comédien.

Roland avait, en effet, beaucoup souffert de la non-reconnaissance de son statut de malade.

Ma femme rédigea alors un second certificat médical, le 3 novembre, soit un jour après la reprise de travail de son patient.

Passé le bouillonnement de ces formalités administratives fort déplaisantes, voire même exhibitionnistes, Roland ne se manifesta plus au cabinet médical. J'eus toutefois des nouvelles de lui par l'intermédiaire du Professeur Dargentier. Il l'avait hospitalisé début décembre pendant trois jours, afin de pratiquer une pose de cathéter dans la gaine du nerf crural, pour décongestionner le bloc sensitif et moteur par une bonne dose d'anesthésiant. Il avait profité de cet acte médical pour effectuer également une ponction lombaire qui s'était montrée négative, fort heureusement, ce qui éliminait la possibilité d'une sclérose en plaques qui était à craindre. Il lui avait prescrit un traitement corticoïde, et il m'avait demandé d'assurer la surveillance médicale d'usage, car celui-ci pouvait affaiblir les surrénales de Roland. Mais Roland disparut de notre vie...

Désirant respecter son silence, je ne le contactai pas.

Dans les premiers jours d'un printemps qui annonçait un été chaud, le quinze avril exactement, Roland me téléphona pour m'inviter au restaurant samedi en huit, sur le port de la Madrague à Saint Cyr les Lecques.

Sans avoir manifesté une quelconque surprise à son appel, après six mois de silence, j'acceptai l'invitation.

## L'INVITATION À DÉJEUNER

Le matin de ce samedi-là, j'avais accumulé un sérieux retard : panne de deuxième voiture, et j'avais dû accompagner mon épouse et mes trois enfants chez mes beaux-parents, à Aix-en-Provence.

C'était donc d'une allure plutôt vive que je rejoignais Marseille par l'autoroute Nord, dont l'issue est une longue bretelle semblant inviter tout automobiliste à découvrir l'entrée de cette ville.

Quand vous arrivez sur la ville de Marseille, à peine cachée par un immeuble de vingt étages à la construction semi-moderne, peu esthétique, vous pouvez distinguer au loin, la silhouette dorée et ensoleillée de Notre Dame de la Garde, plantée là-haut sur un pic rocheux ; elle domine à la fois la mer et toute la cité phocéenne. Tout juste sorti de l'autoroute Nord, vous parvenez très vite sur la Butte des Carmes, l'ancien quartier arabe, récemment rénové par l'érection du Conseil Régional Provence-Alpes-Côte-d'Azur. Une implantation bien intégrée à l'urbanisme urbain environnant, et qui, sans aucun doute, a sensiblement contribué à la diminution de la population maghrébine dans ce coin-là. Et pourtant, je me souviens très bien encore que, quelques années auparavant, la place Jules Guesde, à deux pas de l'Arc de Triomphe Second Empire, appelé aussi Porte d'Aix, près de laquelle on passe en arrivant, ressemblait, en particulier le samedi et le dimanche, à une place d'une ville d'Afrique du Nord, un jour de grand marché. La concentration berbère y était dense et vous pouviez rencontrer un parterre d'hommes accroupis, non seulement sur la place à main droite, prolongée par l'Avenue Camille Pelletan avec sa Mosquée et ses magasins orientaux aux décorations en arabesques multicolores, mais aussi, à main gauche, dans les jardins verdoyants de l'Arc de Triomphe, sur lesquels des familles, le plus souvent allongées, surveillaient de loin des enfants turbulents. Partout, des postes radio crachaient à tue-tête des mélodies orientales languissantes.

Si vous contourniez cet Arc de Triomphe, vous remontiez alors vers la Gare Saint Charles où ce type de population se tenait encore. Si je me remémore aussi bien les aspects particuliers qu'avait ce quartier arabe, c'est tout simplement parce que Roland habitait le Racati, ce parc d'habitations à loyer modéré, une cité d'H.L.M. triste et lugubre, qui surplombe l'autoroute bruyante et la Porte d'Aix, prolongée en contrebas par la Butte des Carmes. Une manière d'entrée dans Marseille qui ne pouvait alors que faire comprendre l'importance de l'immigration dans le débat politique en ce temps-là.

Roland m'avait souvent fait des confidences à ce sujet. Il ne comprenait pas que certains ténors de droite comme de gauche pussent ignorer un tel phénomène. « Je ne me plais pas dans ce quartier, il pue l'échec, la misère, la tristesse, la saleté, la pauvreté et la grisaille. Ici je me sens étranger », m'avait-il dit alors qu'il allait sur ses quinze ans. Puis, les années passant, je n'eus plus avec lui de discussion à ce sujet, mais je savais que cet environnement bruyant, grouillant et dégradé, l'avait affecté à tel point, qu'on finissait par ne plus savoir discerner chez lui, s'il était prisonnier de sa personnalité angoissée ou bien de ce quartier au sein duquel il ne trouvait pas ses marques.

Tandis que je descendais à vitesse modérée vers le Vieux Port, Roland avait peu à peu disparu de mes songes, et je fus plus à même d'admirer ce port de plaisance, connu du monde entier. Une vraie carte postale de la Méditerranée.

Si l'on contourne le Vieux Port en direction de la mer, le Cours Estienne d'Orves déroule son tapis de béton, délaissant sur sa gauche le Théâtre National et sur sa droite, le Fort Saint-Jean ou Saint-Nicolas (je les confonds toujours). Après avoir jeté un coup d'œil sur le Palais du Pharo, on emprunte la jetée des Catalans puis la Corniche, jusqu'à ce que l'on tombe et découvre l'une des plus belles baies qui soient, laquelle se prolonge à perte de vue dans des entrelacés de plages et de jardins aux pelouses verdoyantes, aménagées artificiellement.

Enfin, si l'on poursuit sa route, on peut apercevoir la statue de David, l'hippodrome, des plages et encore des plages, jusqu'à la dernière, celle de la Pointe Rouge, avec derrière elle, l'ultime lieu urbanisé de Marseille avant les Calanques des Goudes, lequel est délimité par un parc immense boisé d'arbres centenaires : La Campagne Pastré.

Comme vous avez pu le remarquer, je me suis glissé, drapé dans ma Renault 25 vert métallisé, dans l'une de ces ruelles dessinées là près du Parc, et je me suis garé aux abords de la deuxième villa.

Si la traversée de cette cité représente toujours pour moi un véritable plaisir, il faut bien avouer que ce circuit touristique, facilité aujourd'hui par la circulation fluide d'un samedi matin, avait été motivé par le seul fait qu'il me fallait à tout prix récupérer mes indispensables lunettes de soleil, ce dernier s'avérant meurtrier pour mes yeux.

Ma paire de Vuarnet marron sur le nez, je repris alors très vite le chemin de la Pointe Rouge, longeant à nouveau les plages, avant de tourner à droite, et de remonter la seconde avenue du Prado, celle bien connue pour être bordée des plus riches résidences de la ville, que des sièges sociaux de grandes compagnies bancaires remplacent le plus souvent. Question de prix d'entretien et de chauffage bien entendu !

Laissant derrière moi le Palais des Congrès, le boulevard Michelet et les Hauts de Rabateau, je me retrouve enfin sur l'autoroute est en direction de Toulon ; très vite grisé par la vitesse, je ne fais qu'apercevoir les quartiers de la

Capelette, de Saint Loup et de Saint Marcel, construits dans la vallée de l'Huveaune, ainsi que l'immense et ombragé cimetière Saint-Pierre. J'ignore de même le centre commercial de la Valentine, les bourgades d'Aubagne et de Roquefort-La-Bédoule, pour mieux dominer la Baie de Cassis. Une pièce lancée à l'échangeur de La Ciotat, et me voici dans le Var qui m'autorise le grand galop pendant que mes yeux dévorent la côte bleue et l'horizon sur la mer que je vais bientôt rejoindre grâce à l'indicateur de Saint Cyr les Lecques.

À l'allure où je roule, les lacets sinueux de la route me bercent comme le tangage d'un bateau, et j'ai failli une fois encore, rater le dernier tournant avant de déboucher sur le Port de la Madrague.

Comme prévu, Roland m'attend, attablé à la terrasse des *Flots Bleus*, un restaurant conçu en pierres blanches et mosaïques bleues, comme l'est l'ensemble du village construit en espalier à flanc de collines, dans l'esprit d'une architecture à la Grecque, sans oublier ce soleil qui cogne en plein midi.

— J'ai bien fait d'aller chercher mes lunettes de soleil, lançai-je à Roland en marchant vers lui.

Au moment même où je m'asseyais face à Roland, un serveur, que je n'avais vu venir, déposa sur la table, deux cocktails colorés.

— À votre santé, docteur !

— À ta santé, Roland ! Tu as très bonne mine...

Le choc des verres fut brutal, amical, mais bref.

— Je n'en doute pas ! me lança Roland, je vais de mieux en mieux, et il ne reste plus au Professeur Dargentier qu'à jouer de son bistouri avec tout son art, et toute cette affaire sera bientôt réglée, et enterrée !

Je ne pus réprimer un sourire avant de lui répondre.

— Tu n'as aucun souci à te faire à ce sujet, ce chirurgien est un orfèvre !... Mais... dis-moi... — je change de sujet tant que j'y pense parce que tu as occupé mes pensées tout à l'heure... — je suis passé autour de la porte d'Aix, là où tu habitais avec tes parents, il y a encore quelques mois et...

— Et je suis content d'en être sorti ! Ah oui, très content de m'en être échappé ! Je ne pouvais plus le supporter ce quartier, il est trop dégueulasse, trop vulgaire, trop pauvre, trop cosmopolite... Vous allez me dire que c'est peut-être parce que j'ai besoin de pureté, d'identité et de puissance, peut-être... Mais ne me faites pas dire ce que je n'ai pas dit : tout le monde a le droit de vivre dans cette cité, seulement j'ai trop longtemps vécu dans la laideur, l'échec et la violence... Enfin, vous me comprenez, je crois...

— Oui, je te comprends... mais dis-moi Roland, je suppose que si tu m'as invité, c'est que tu as quelque chose d'important à me dire, je me trompe ?

— Non... J'ai même beaucoup de choses à vous dire...

— J'ose l'espérer ! Ta disparition, ces derniers temps,

reste pour moi une énigme... Je suppose que tu as tes raisons. Pour tout t'avouer, j'ai été surpris, déçu, de te voir interrompre tes séances de psychothérapie...

— Je sais docteur, je sais, mais comment vous expliquer... j'avais un besoin urgent de vivre et de me battre. Tout seul, et je craignais de m'affaiblir en continuant ces séances... J'ai trop perdu de temps sur le divan par le passé... Pour être franc, même si votre épouse est très sympathique et très compétente, c'est à vous, et à vous seul que je veux me confier... Il n'y a rien de plus désastreux pour un malade que de raconter sans arrêt son histoire à des personnes différentes. Il me faut un seul interlocuteur, et je vous ai choisi... Désolé Docteur...

— Tu n'as pas à être désolé, Roland, mais ce n'est pas tellement dans mes cordes...

— Je sais. Seulement, pour une fois, une seule fois vous ne pouvez pas tenter l'expérience ?...

— À ton avis ?

— Merci, vous êtes vraiment un sacré mec !

— Avant toute chose, passons la commande, j'ai faim et j'ai soif !

Bientôt Roland s'est lancé dans un monologue aux accents de plaidoirie...

## LE RÉCIT DE ROLAND

« Mon histoire a commencé un huit mai, il y a cinq ans, une journée d'Armistice pour les uns, débuts d'hostilités d'un combat sans fin pour moi.

À cette date, j'avais alors rejoint une amie qui s'était depuis peu installée à Genève, et nous faisions l'amour depuis quatre heures au moins. Mais ce qu'elle prenait pour de la vigueur était, pour moi, de la souffrance. Une horreur. Je ne parvenais pas à éjaculer, et ma verge n'avait jamais été aussi dure et volumineuse. Je bandais sans éprouver ni plaisir, ni désir.

Au bout de cinq heures, je me délivrai enfin dans des souffrances horribles. Le lendemain matin, je n'avais pas d'érection en me levant, et ma verge semblait vide. Le soir, elle était molle, comme anesthésiée.

Pourtant je pouvais bander, mais l'érection n'était pas continue ; je ne sentais rien au bout de ma sexe, et le rapport avec ma partenaire devenue impatiente et méprisante, fut impossible à accomplir. Mon séjour dura trois jours et ce fut un enfer. Tourmenté, je me mis à crier de terreur durant les nuits suivantes, à en avoir mal au ventre, mal aux dents, à m'étouffer.

Le repos me vint seulement dans le train qui me ramenait à Marseille en liant connaissance avec un vieux couple suisse à l'accent fort amusant, ce qui me changea un peu les idées...

Certains gestes simples de la vie quotidienne me devinrent difficiles, voire impossibles à accomplir. Ce que mon entourage prenait pour de l'étourderie, s'avéra être de la pure angoisse, laissant la place, au fil des jours, à des troubles sévères de l'équilibre et de la motricité la plus primaire. Ainsi, depuis ce huit mai, il y a cinq ans, et jusqu'à aujourd'hui, je n'ai dû avoir qu'une demi-douzaine d'érections correctes. Fantastique, n'est-ce pas ? Et, toujours en moi, ce doute d'avoir été castré, quelques jours avant ce huit mai fatidique, le trente avril, pour être précis.

Ce jour-là, je m'en souviens, j'avais dû subir chez un dermatologue, une anesthésie du pubis pour une extraction de kyste. Et depuis ce jour-là, je suis toujours persuadé d'avoir perdu quelque chose. J'ai toujours eu la sale impression qu'au cours de cette petite opération chirurgicale, le médecin m'avait enlevé les nerfs érectiles. Il faut dire que tout au long de cette intervention, j'avais eu en tête les images d'un film vu quelques semaines auparavant : ça se passait au dix-huitième siècle et racontait l'histoire d'un homme courtisé, qui, au cours d'un duel à l'épée, avait été blessé au pubis. Devenu impuissant, il s'ensuivait un long calvaire relationnel avec les femmes. De plus, j'avais fait un drôle de rêve la nuit précédente. Je m'étais revu chez mon dentiste, comme cela avait été le cas quelques mois auparavant. Dans ce rêve il m'avait posé un bridge de cinq dents (celles de devant en haut), mais elles me semblaient si grosses que je ne pouvais plus fermer la bouche. Je m'étais alors mis à le supplier pour qu'il me remette des dents plus petites, mais il hurlait, vociférant que ce n'était pas possible. Je lui avais alors sorti de ma poche un bridge en dents de lait, lui affirmant que celles-là iraient très bien, et il s'était mis à rire. Je m'étais réveillé en sursaut, transpirant, et ma mâchoire me faisait atrocement mal.

Je n'avais cessé de penser à tout cela pendant qu'on me charcutait la région virile. Et la folie s'empara alors de moi. À cette époque, je vivais chez mes parents, et je finissais mon avant-dernière année d'études. En juin, à la grande surprise de mes parents et du directeur de la cité universitaire Saint Charles, surpris de me voir venir en fin d'année scolaire, je louai une chambre. Sordide, il faut le souligner, avec un corbeau rouge et noir peint sur le mur, près du lit à une place. Je me mis dès lors à sortir et à traîner tous les soirs dans tout ce que Marseille pouvait compter de pianos-bars, de cafés-théâtres, de boîtes de nuit et de restaurants, pour en ramener des filles, que je ne pouvais même plus prendre : apologie de l'impuissance masculine incarnée dans une minable garçonnière au rabais. C'est au cours de cette campagne d'abattage, que je fis la connaissance de Cécile, à laquelle je me raccrochais plus que je ne l'aimais (mais cela, je ne l'ai compris que bien plus tard), et qui fut ma compagne pendant plus de quatre ans. Un bail. Compagne d'un impuissant, doublé d'un hypocondriaque devenu fou. Le rêve en somme ! Nous passâmes un premier été dramatique où je ne fus capable de lui faire l'amour qu'une seule fois.

Malgré tout, nous sommes tout de même restés ensemble. J'ai fini mes études, commencé à travailler. Et si, en quatre années de vie commune, nous connûmes deux périodes de vie partagée sur deux logements plus exigus et bruyants l'un que l'autre, nous vécûmes aussi une vingtaine de ruptures, ainsi que des tonnes d'impuissance. Le quotidien de cette vie à deux fut si affreux à chaque instant, qu'il m'est encore impossible de vous le décrire aujourd'hui. L'absence d'érection et ce corps dont les muscles fondaient peu à peu, tout ça prenait tant de place qu'il n'existait rien en dehors de tout ça. L'impuissance commandait tout, si bien qu'il ne se passait jamais rien, si ce n'est l'attente d'une guérison qui ne venait pas ! À parler d'attente, je me rappelle un jour avoir choqué des amis, alors que nous discutions d'un spectacle vu ensemble. Il s'agissait d'une pièce de théâtre de Becket, *En attendant Godot*, et je m'étais écrié à l'adresse de Cécile : « En attendant que je bande ! » Ça a jeté un froid, vous vous en doutez... Je crois bien que c'est à partir de ce jour-là que j'ai sérieusement disjoncté. Mes tics, mes allergies et mes crises d'étouffement se sont multipliés, en même temps que mon corps enflait, que mes muscles fondaient, que mon visage se défigurait, et que peu à peu, mon identité masculine s'évaporait au point que je finissais par me comparer à des modèles féminins, plutôt qu'à des gabarits masculins.

Je compulsais, par exemple, les catalogues de *la Redoute* ou des *Trois Suisses* aux pages des dessous féminins, ou bien encore *Penthouse*, non pas pour désirer ou m'exciter sur des femmes, mais pour envier chez elles, les traits fins de leur visage, l'opulence de leur poitrine, le galbe d'une hanche ou la parfaite harmonie de leurs lignes. Je ne me sentais plus ni homme, ni femme. Je n'étais plus rien. De plus, ma compagne était si peu femme d'intérieur, pour ne pas dire pas du tout, que j'assumais la totalité des tâches ménagères, ce qui ne me laissait en fin de compte, aucune liberté pour une quelconque activité sportive ou culturelle, sans oublier que cela ne manquait pas non plus d'appauvrir en société mes sujets de conversation, et dans ma vie, mes centres d'intérêts.

Cet état de choses n'arrangeait en rien mon identité masculine, il ne contribuait qu'à m'isoler encore davantage des autres hommes de mon âge, qui ne tardaient pas à me rabaisser au rang de sous-homme. Avez-vous déjà essayé de ne parler que ménage, vaisselle, courses et repassage avec vos amis hommes ? C'est à mourir de rire ! Tant et si bien que mes amis finissaient par me rejeter, tandis que les femmes m'acceptaient comme l'une d'entre elles, en m'assimilant progressivement à un être asexué. Une complicité gênante, qui a souvent été à l'origine des nombreuses crises de jalousie de la part de Cécile. Aussi j'en arrivais à redouter le moindre contact avec une femme. Ainsi, diminué et craintif, je me trouvais doublement impuissant.

Mais ne vous méprenez pas docteur, il n'y a rien de machiste dans mes propos. En effet, si le partage équitable des travaux de la vie quotidienne conditionne l'équilibre et l'entente d'un couple, il n'en demeure pas moins que reléguer un homme à des tâches exclusivement ménagères qui, socialement, sont le plus souvent une affaire de femmes, revient à nier sa masculinité et à le castrer, en particulier dans une région méditerranéenne.

Je ne désire qu'une chose pour l'avenir : c'est qu'une femme s'occupe de moi comme une femme se doit, à mon avis, de se consacrer à un homme. En ce qui concerne Cécile, ne croyez pas que je rejette sur elle mon impuissance et l'échec de notre tentative de vie en couple, oh non ! Dieu sait si Cécile pouvait être attachante et aimante, mais à sa manière, et cette manière-là ne correspondait pas à celle dont j'avais besoin. Il est vrai que j'aurais dû en prendre conscience dès le premier jour de notre rencontre. Mais que voulez-vous, je n'étais pas encore assez homme pour savoir ce qui m'était destiné, et surtout pas suffisamment courageux pour rester seul et méditer.

La vie allant son cours, quatre années ont passé, et ma verge demeurait comme lettre morte. J'avais beau tenter de la ranimer avec des revues pornographiques ou bien même avec des copines de Cécile, dont l'une en particulier qui avait un corps noir d'ébène parfait — rien n'y faisait. Pas même l'adultère. À désespérer.

Et ce qui devait arriver arriva, un certain mois de février.

Le 2 février 19.., pour être précis, mon état de santé a subitement empiré. Après de violentes disputes et des scènes de jalousie à n'en plus finir, j'ai eu un sursaut de survie et j'ai préféré me lâcher des deux mains pour apprendre à revivre par moi-même. Je pris la décision de quitter Cécile. Séparation définitive, ce qui eut pour conséquence, la mise de mon mobilier en garde-meubles, et mon retour au bercail familial. Un retour chez papa et maman qui fut loin d'être triomphal ! Non seulement je me sentais régresser, mais ma mère ne fut pas vraiment tendre avec moi. Si dans les faits, je ne faisais que récupérer ce qui avait été ma chambre autrefois, j'occupais désormais un espace volé à l'une de mes nièces qui en avait fait son parc à jouets. Ma mère fut irascible, et même méchante avec moi. Cependant, elle se calma très vite lorsqu'elle comprit l'ampleur de mon désastre, et elle se transforma alors en confidente privilégiée, si je puis dire.

Mon père, quant à lui, restait silencieux, compréhensif et tendre, et je n'ai appris que bien plus tard qu'il lui arrivait de pleurer à cause de l'affliction qui me frappait. J'ai su par la suite qu'il m'aimait au point qu'il aurait donné sa vie pour que je guérisse, mais il ne me le disait pas. Son silence n'était certes pas une nouveauté, mon père n'ayant jamais su exprimer ses sentiments.

Ce retour aux sources fut suivi d'une lente descente aux enfers : trois mois de maladie pour des pleurs qui ne s'arrêtaient pas, et une reprise de travail en mai, pour cinq mois.

Cinq mois affreux, où je retrouvais au bureau, la mesquinerie et l'hypocrisie de cette profession d'assistance sociale. Je me souviens encore que l'une de mes collègues m'avait pris à partie, se plaignant de m'avoir remplacé, ce qui avait constitué, disait-elle, pour l'ensemble du service, une surcharge de travail incommensurable. De quoi rigoler ! Plus elles m'insultaient, plus je riais. Jaune. Pour tout vous dire, nous étions cinq dans ce service social, pour ne recevoir en tout et pour tout, qu'une dizaine de clients par semaine, soit deux personnes chacun, et encore... l'une des deux se trompait d'adresse le plus souvent... Eh oui ! Encore une fois, mes collègues me faisaient le coup de la surenchère et de l'esbroufe, alors qu'elles passaient le plus clair de leur temps à ne rien foutre. Cependant, ce jour-là, je n'eus pas le sens de la répartie, et cette agression me fit très mal.

Je connus une fin de printemps, un été et un début d'automne des plus sombres, tout occupé à une fuite en avant des plus absurdes. Pour finir, en octobre, le coup fatal me fut assené à me faire sauter les plombs : une sadi-radiculographie, l'examen barbare par excellence, où l'on vous injecte de l'iode dans le rachis pour l'opacifier, afin de mieux le voir en photo.

Mais cette injection d'iode n'est pas toujours sans danger. Celle-ci me cloua au lit pour dix mois avec des troubles d'équilibre inexpliqués. Hospitalisé à deux reprises, contrôlé trois fois à la demande de mon employeur, je faisais figure d'énigme. On me soupçonna même de jouer au malade mental. Sauf le contrôle médical, qui lui carrément, m'ordonnait la reprise du travail à chaque expertise. Ces entretiens représentaient pour moi un véritable supplice, je vous le jure. On a vraiment affaire à des médecins contrôleurs vicelards, dignes des camps de la mort, lorsqu'on est malade.

Donc, ni l'hôpital ni le contrôle médical, ni mon employeur ni mes collègues de bureau ne me considérèrent comme un malade véritable. Je faisais tellement grande gueule et beau gosse aux dires de certaines, qu'on ne pouvait imaginer que je puisse souffrir...

Et pourtant, je ne pouvais garder l'équilibre que deux heures d'affilée, les vertiges me contraignant à m'allonger au plus vite ! Allez comprendre...

Pourtant la sempiternelle obsession de me sortir de cet enfer m'animait.

Je me souviendrai toujours de ma première tentative pour briser cet enfer et quêter un espoir : je pris la décision d'entreprendre un pèlerinage à Lourdes.

Délégué à la distribution des billets de voyage à hauteur du point d'accueil de la gare Saint Charles, le flux et le reflux ininterrompu des pèlerins qui s'avançaient vers moi pour arracher leur billet de mes mains tremblantes, me filèrent la nausée. Debout au prix d'un effort surhumain, je me sentais quand même vaciller, tournoyer, cabrioler, glisser, tomber, ramper à terre, me relever encore tout chancelant, pour retomber aussitôt. Le sifflet du chef de gare, annonçant l'heure du départ à 8 heures 52, me délivra enfin de cette torture. Ce fut avec joie, que je m'écroulai à la place qui m'était réservée.

Mais le calvaire n'avait fait que commencer, le diable m'ayant mis comme voisine, la plus bavarde et la plus égocentrique des femmes. Tout au long de ce voyage qui allait durer huit heures, elle psalmodia les déboires de sa vie. De devoir tourner la tête vers elle, eut très vite pour effet de m'ankyloser la nuque, de me paralyser les yeux et de m'empuantir la bouche. Tout ce manège était bercé par des chants religieux, stupides et agaçants.

En arrivant sur le quai en gare de Lourdes, les handicapés moteurs entreposés dans leurs chaises roulantes, les handicapés mentaux qui gesticulent, les aveugles et les amputés sont légion. Il y a de quoi vous faire dégueuler. Cela dit, c'est le meilleur moyen de faire la connaissance avec les toilettes de la buvette !

Dans le car qui me conduisait à l'hôtel, je me sentais bien seul et un peu paumé dans cet univers de culte. Après le dîner, je me rendis avec mes compagnons de pèlerinage, au premier office du séjour. On m'avait raconté des tas de vilaines choses sur la rue marchande qui descend vers le lieu saint, mais je fus à peine choqué par l'abondance des enseignes et des bondieuseries à vendre. De toute manière, je serais mal vu de jouer Jésus parmi les marchands du Temple. Enfin, passons...

Lorsque vous pénétrez dans le sanctuaire, vous êtes immédiatement saisi, vous pouvez me croire, par la grâce, et c'est d'un pas léger, et d'une âme apaisée, que je m'avançai vers la Basilique néo-baroque, majestueusement placée sur un promontoire rocheux. Si des centaines de personnes en franchissent le seuil chaque jour, je n'y ai personnellement jamais mis les pieds ; mon groupe ayant tous les jours pris le chemin d'une autre basilique, souterraine celle-ci, que nous avons fréquentée tout au long de notre séjour. Certainement construite à la hâte pour les grandes manifestations, elle ressemble à un grand parking d'immeuble, à la différence près qu'une allée circulaire la contourne sur les abords immédiats. Itinéraire ascétique d'un chemin de croix aux possibilités de haltes dans des petites chapelles, que des cierges pieux illuminent de leurs sages petites flammes.

Dix mille pèlerins se trouvaient là, m'avait-on précisé, et je pensai tout bas que ce serait déjà un miracle, si tout se déroulait sans violence, ni débordements. Mais à vrai dire, ni la messe de ce soir-là, ni les autres, ni les processions dans le parc verdoyant, ni les enseignements, ni les bains et ni les prières à la Grotte de Sainte Bernadette ne me firent un quelconque effet. Pour tout vous avouer, tout cela me rendait irritable. Mais il y avait une chose extraordinaire qui me plaisait : il y avait toujours un prêtre pour vous confesser ou vous écouter...

Je ne m'en suis pas privé. Mes confessions me faisaient trembler, vibrer, pleurer, expectorer dans un cri libérateur le mal qui était en moi, et à chaque fois, je me sentais beaucoup mieux, comme si le Seigneur s'était trouvé à mes côtés. Il m'était même arrivé de le sentir près de moi, assis sur le banc, surtout le dernier soir, au cours de la prière des malades, alors que j'étais au milieu des fauteuils roulants, et des malades de tout acabit, en quête de miracle. Vous me croirez ou non, mais je fus soudainement animé d'un sentiment bizarre. Irrité, presque hors de moi, je maudissais ce carnaval de prières et d'exhortations, je méprisais tous ces gens qui remerciaient Dieu et qui chantaient, qui dansaient, qui gesticulaient comme des danseurs de la Saint-Guy, et je contestais la véracité des témoignages de guérison de certains, et enfin je ne croyais pas, mais alors vraiment pas, à ce paralytique assis devant moi, et qui s'était levé pour se mettre tout à coup à marcher, en criant au miracle. Pourtant, j'avais vu de mes yeux, vu... Non, je ne voulais pas croire que Dieu pouvait être à mes côtés... Puis, tout à coup, je sentis un souffle d'amour m'envahir et je me suis surpris à psalmodier des pleurs, à réciter des prières, implorant Dieu de m'accorder miséricorde. « Dis seulement une parole Seigneur, et je serai guéri » dit la Bible, et ces mots n'ont jamais été aussi vrais que ce jour-là !

Le lendemain, je me mis de nouveau à aimer mes

semblables et à faire le chemin vers mes compagnons de pèlerinage. Je réussis même à me lier d'amitié avec certains. L'un d'entre eux, à qui j'avais confié mon sentiment coupable de reproche à l'égard de certains pèlerins un peu trop exubérants, éclaira ma crainte, en me confiant que le Seigneur parlait souvent par la bouche des plus pauvres, des plus humbles ou des plus simples d'entre nous, et qu'il fallait donc se montrer tolérant et vigilant : Dieu pouvait nous parler à tout moment à travers n'importe qui...

Je m'étais alors promis de reprendre la lecture des Saintes Écritures, que j'avais entamées ces derniers mois dans l'oisiveté de mon congé maladie, comme un rempart de sagesse contre l'humanité grondante à mon égard et les médecins qui me rejetaient de plus en plus.

À la fin du séjour, bien qu'encore bercé de vertiges et déséquilibré par une verge qui ne pointait toujours pas vers le ciel, je ne me sentais plus seul : Dieu se trouvait à mes côtés. Je me persuadai même qu'il me parlait par le biais des Saintes Écritures. En effet, à chaque lecture de la Bible que j'ouvrais au hasard, le même passage me revenait. Je le sais par cœur : « Ne vous inquiétez pas pour votre vie de ce que vous mangerez, ni pour votre corps de quoi vous le vêtirez... Ce sont là toutes choses dont les païens sont en quête... Cherchez d'abord le royaume et la justice de Dieu et tout cela vous sera donné en surcroît. »

Voilà pour mon escapade mystique, docteur.

En vérité je vous le dis, le miracle s'est produit, et j'ai vu ma mère me donner naissance pour la seconde fois.

Au cours du mois d'août qui suivit, ma mère, me voyant à peine tenir debout, avait insisté pour m'accompagner à Paris consulter un neurologue renommé. Une fois sur place, je fus pris d'une telle crise de confusion mentale, avec les yeux exorbités à faire peur, que peinée, affolée, et à la fois contrariée, irritée et honteuse de voir son fils dans un tel état, elle m'ordonna de prendre un peu de son calmant. La prise de ce cachet blanc de drogue pharmaceutique fut déterminante. Mes vertiges disparurent comme par enchantement, à la seule condition de ne de pas aller trop vite dans mes déplacements.

Cependant, en cachette, je pleurais encore, implorant Dieu pour qu'une guérison complète vienne, sans savoir très bien comment elle se manifesterait.

Le 14 septembre, dans le train qui me ramenait de Paris, où j'avais consulté un urologue, encore un, je l'avais oublié celui-là, et à l'hôpital militaire du Val de Grâce s'il vous plaît, je vous aperçus, docteur Michel.

Vous m'avez alors pris en charge, multipliant consultations et examens médicaux, pour accoucher d'un diagnostic qui semblait, cette fois-ci, avoir toutes les chances de se préciser. Et je vous avais même fait part de mon désir de reprendre mon travail, rappelez-vous !

Chose qui se fit plus vite que prévu. Voyez plutôt !

Le 2 novembre, j'ai donc repris, comme vous le savez, mes activités professionnelles, et le jour de cette reprise, je ne vous l'ai jamais raconté, je n'ai pas été au bout de mes peines. Loin de là !

En poste à huit heures trente, mon chef de service, dès son arrivée à neuf heures trente, m'informa avec violence, qu'elle m'avait remis à la disposition du chef du personnel et qu'elle avait procédé à mon remplacement quelques jours auparavant. Accueil charmant s'il en est après un an d'absence !

Je fus muté d'office dans un autre service, près de la place des Réformés. Passons. Je vous épargnerai là les difficultés administratives d'usage que cela a pu poser. De toute manière, ces bouleversements, au lieu de gripper ma combativité, la décuplèrent, avec encore plus d'agressivité.

C'est dans ce nouvel état d'esprit, que j'ai dû à nouveau m'occuper de ma petite santé, en rencontrant une nouvelle fois le Professeur Dargentier. Je me suis rendu à Lyon, et nous avons fait le bilan : oui, j'avais bien pris l'alpha bloquant. Oui, j'avais bien eu douze, et non huit, intramusculaires de gonadotrophine. Oui, j'avais bien pratiqué l'érectométrie nocturne. Oui, j'avais bien suivi ma double rééducation, celle du corps, et celle du périnée. Oui, j'avais bien eu trois injections intracaverneuse, oui, le docteur Michel m'avait fait deux séances d'auriculothérapie, sans succès tangible, il faut bien l'avouer, (je suis honnête avec vous), si ce n'est des érections épisodiques, fragiles, et toujours pas d'érection matinale. Oui, je sais qu'elle n'est pas systématique au réveil. Oui, mais j'y tiens. Enfin oui, j'avais bien passé un bilan psychiatrique, mais je n'avais voulu continuer les séances de psychothérapie par la suite, je n'y tenais pas.

Après m'avoir patiemment écouté, il s'en était suivi un dialogue animé :

— Si je comprends bien, il n'y a rien de consistant à se mettre sous la dent ! s'était écrié le Professeur, vous êtes un curieux rebelle aux traitements classiques tout de même ! Cependant, si je devais m'en tenir à l'érectométrie qui est somme toute positive à 60%, et au bilan psychiatrique qui me souligne que vous souffrez d'une névrose de conversion, à savoir que vous traduisez vos conflits psychiques en désordres somatiques de tout genre, il est certain que je pourrais en rester là, et mettre le tout sur le dos de votre âme, et vous réexpédier séance tenante par le premier train. Mais je ne pense pas que ce serait là une solution idéale.

— J'en ai marre... je n'ai plus aucun repaire ni repères... Je ne sais plus... Je suis bercé parfois de joies intenses et d'autres fois sujet à des crises d'angoisses interminables, que seules les cigarettes me font passer en me brûlant la gorge. Je veux bien tout croire, et bien entendu admettre que l'origine de mes troubles est psychogène, mais je suis persuadé que je pourrais rester des heures et des nuits sur un divan à m'écouter parler, cela ne changerait rien !

Ceci ne décoincerait pas la machine. Il faut, à mon avis, intervenir sur l'organe avant de sonder mon âme. J'en suis sûr ! Il existe bien un moyen tout de même, non ?

— Certes, il existe des moyens, mais ils sont loin d'être simples et sans risques.

— Peu m'importe ! Pourquoi ne pas essayer ? Je suis épuisé, professeur, mon histoire dure depuis tellement longtemps que je me demande parfois s'il s'agit toujours de la mienne...

Le Professeur Dargentier, jusqu'alors impassible, avait baissé la tête tristement avant de la relever pour me dire :

— Je vous comprends, jeune homme, et je vous avouerai que votre affaire ne me plaît pas du tout ! Il va falloir trancher, et je vais le faire ! La situation ne peut plus continuer ainsi, ni pour vous qui vivez le calvaire, ni pour moi qui ne supporte pas l'échec ! C'est la raison pour laquelle, si vous en êtes d'accord, et disponible, je vais vous hospitaliser pour trois jours, vous poser un cathéter dans la gaine du nerf crural par voie du rachis lombaire à la limite de la dure-mère, ce qui soulagera le bloc nerveux de la région. Nous en profiterons pour procéder à une ponction lombaire... il ne faudrait pas passer à côté d'une S.E.P.

— Une S.E.P ? lui lançai-je horrifié.

— Une sclérose en plaques, vous l'aviez compris mon ami, mais là, je suis sûr de me tromper, mais je ne veux rien laisser au hasard !

— D'accord, mais... je vous avouerai que la pose d'un cathéter, une ponction lombaire ne m'enchantent guère ! J'ai déjà eu l'expérience, il y a un an, d'une sadi-radiculographie qui m'a mis par terre pendant dix mois !

— Je sais, le Docteur Michel m'a parlé de vos déconvenues à ce sujet, et je n'en suis pas surpris... En effet, cet examen ne présente aucun effet secondaire au-delà de quarante-huit heures dans 90% des cas. Cependant dans les 10% restants, on assiste à des conséquences désastreuses, invalidantes, d'une durée d'un mois à un an et que l'on nomme vaguement : hypotension céphalo-rachidienne. La faculté a la mauvaise habitude de la négliger... jusqu'à mépriser les patients qui peuvent s'en plaindre, car à leurs yeux, c'est impossible !

— Et pourtant...

— Et pourtant, comme vous dites, ce phénomène existe et s'explique par le caractère clinique propre à la radiculographie ; d'une part il est conseillé de ne pas s'allonger pendant douze heures afin d'éviter que l'iode ne monte au cerveau ; d'autre part, si l'aiguille d'examen faite pour injecter, recueille malencontreusement quelques gouttes de liquide céphalo-rachidien, la seule manière de le reformer est de rester couché.

— Contradictoire...

— Contradictoire, vous le soulignez bien. C'est la raison pour laquelle j'émets que la difficulté de reconstitution du liquide prélevé provoque un dérèglement cérébral, que je ne pourrais cependant, ni démontrer ni prouver de manière scientifique. En conclusion, c'est un examen sadomaso à proscrire !

Je me mis ensuite à regarder le professeur Dargentier avec bienveillance, et je me surpris alors à dire très lentement :

— Je veux guérir à tout prix... J'ai confiance en vous... Je suis d'accord pour subir l'examen que vous me proposez !

— À la bonne heure ! J'avertis ma secrétaire pour les formalités administratives et l'attribution d'une chambre, s'écria le professeur, visiblement heureux de ma décision.

— Comment ça va se passer ? demandai-je sans inquiétude.

— Le programme est simple : électromyogramme à dix-sept heures, érectométrie la nuit prochaine, et demain à huit heures : pose du cathéter et ponction lombaire sous anesthésie locale. Bilan, trois jours après...

Voici donc l'entretien quelque peu déformé que j'ai eu avec le professeur Dargentier le dix décembre dernier...

Trois jours plus tard, le professeur Dargentier venait dans ma chambre. De petite taille, à moitié chauve et pleinement enrobé, il faisait encore plus gros nounours ce jour-là quand il s'assit au pied de mon lit pour me rendre compte des investigations pratiquées : si l'érectométrie enregistrait des érections moyennes tant en fréquence, durée, amplitude et rigidité, l'électromyogramme montrait toujours des signes de souffrance neurogène du nerf honteux sur la branche anale gauche. En conclusion, ces examens prouvaient l'existence persistante d'un blocage neuromusculaire qui pouvait motiver une intervention d'ici à six mois, au cas où la perfusion pratiquée ces derniers jours ne donnerait rien. La ponction lombaire, quant à elle, était négative, ce qui permettait d'affirmer que je ne souffrais pas d'une sclérose en plaques.

Une très bonne chose en soi, mais rien n'était encore gagné.

Le quatorze décembre à treize heures, je montai dans le train à grande vitesse en gare de Lyon-Perrache pour rejoindre Marseille, et je ne bandais toujours pas.

En Avignon, je me suis mis à pleurer et à vider toutes les larmes de mon corps. »

Roland avait, semblait-il, terminé son histoire. Je l'observai, mi-songeur, mi-fatigué.

Il m'avait fourni là une somme d'informations débitées tout de go, ce qui n'avait pas manqué de me donner le tournis, refusant d'admettre bien entendu que la bouillabaisse avalée ou le Côte de Provence consommé avec gourmandise, pussent en être la cause.

Désirant au plus vite me dégourdir les jambes et m'aérer la tête, je proposai à Roland une promenade dans les calanques de Port d'Alon.

Le repas m'avait sérieusement alourdi. Nous fûmes obligés d'interrompre très rapidement notre virée pour revenir en arrière vers le port, et nous attabler à la terrasse d'un bar.

Après un long moment de détente où nous avons plaisanté et ri de bon cœur, réveillés par des cafés forts et des bières fraîches, Roland reprit sa confession, mais cette fois-ci d'une voix plus calme, plus douce, et surtout plus agréable.

## RÉCIT DE ROLAND, suite : « L'EXPLOSION DES SENS »

« Cependant, le lendemain j'étais souriant, pour reprendre le titre d'un roman connu, et je sortis de la douche, le corps frais et l'âme décidée.

Remontant le boulevard de la Libération, j'arrivai en avance au bureau, et je pris le temps d'avaler un café et de lire le journal avant de recevoir la clientèle dès huit heures trente.

À midi, je vis poindre à la porte de mon bureau, que j'avais laissé ouverte après le dernier client sorti, une poussette d'enfant. Et derrière elle, une jeune femme à la blondeur platine qui s'arrêta net à ma vue, en s'exclamant :

— Roland Danton, ça par exemple ! Je rêve ? Géraldine Durand, tu te souviens bien de moi ?

Si je me souvenais ! La Géraldine de mes meilleures années, celles où j'avais été surveillant dans un collège de la Belle-de-Mai, et elle, élève de troisième pratique, dans la fraîcheur et la candeur de ses quinze ans ! Un corps de rêve, et surtout une passion à mon endroit qui n'avait été jamais consommée.

— Le bilan ? mère célibataire, avec une petite fille, Emmanuelle, qui a neuf mois... tout baigne... ”

— Tu travailles ?

— Oh non ! J'ai suffisamment travaillé comme serveuse de bar... Je vis de mes rentes, je touche l'allocation de parent isolé, et le père d'Emmanuelle me donne régulièrement de l'argent... Je me laisse vivre.

— Tu habites le quartier ?

— Oui, juste à côté, sur le Boulevard Longchamp... Il faudra que tu viennes voir, passe-moi un stylo ! Je te note mon téléphone... Tu appelleras au moins ?

— J'appellerai !

L'entretien fut court, mais c'était comme si nous nous étions revus sans interruption depuis sept ans. Bien entendu, complexé, je ne la rappelai pas.

Une semaine après, c'est elle qui le fit.

— Alors, me lança-t-elle, on m'oublie, ou bien c'est que tu as peur ?

— Non, mais... avançai-je timidement.

— Non mais ! Non mais ! Tu vas me faire le plaisir de venir ce soir à cinq heures boire le café... Obligé...

— Tu sais, je suis occupé... je...

— Taratata ! Tu viendras ! Alors à ce soir, je t'embrasse partout !

Tiraillé entre le désir d'aller la voir, et « d'essayer d'y arriver » avec une femme si désirable, et la peur au ventre qui me paralysait, j'hésitais. À cinq heures, je pris cependant le bus pour m'arrêter à deux pas de chez elle, mais j'hésitai encore... Deux minutes, pas plus, et je me dirigeai vers le numéro 69 du boulevard Longchamp. Ah ! Si ce chiffre pouvait me porter bonheur !

Après quatre étages gravis avec peine (j'étais essoufflé à cause de l'émotion), je me retrouvai chez elle. Souriante, délicieuse, elle m'offrit un Martini, puis deux, puis trois...

— Tu sais que tu ne repartiras que demain, mon cœur...

— Non, je reste encore cinq minutes, il va falloir que j'y aille.

— Pas question ! Je te supplierai à genoux s'il le faut mais tu resteras ! Ça t'arrive tous les jours qu'une fille se jette à tes pieds ?

Je bouillonnai de lui dire, ou de lui faire comprendre, qu'à l'instant même où elle m'inviterait à l'amour, j'aurais le scrotum et la verge contractés, les testicules qui remonteraient et que je serais incapable de tenir une érection.

— Non, je ne peux pas rester...

— Pourquoi ?

— Parce que... Parce que je n'ai pas pour habitude de me jeter comme ça sur une fille. J'en suis incapable... En plus, ajoutai-je sur un ton qui se voulait désinvolte, je ne suis pas vraiment une affaire...

— Ah, je vois ! C'est donc ça, s'écria-t-elle... tu n'y arrives pas trop... Pas vraiment, si je comprends bien... comme beaucoup d'autres hommes, rassure-toi !...

— Tu sais, j'ai été malade...

— Ouais, c'est ce que l'on dit toujours, dans ces cas-là ! D'accord, tu sembles avoir changé ! D'accord tu as l'air moins sûr de toi ! Mais, tu vois, je ne crois pas que ton problème soit une maladie... Tout dépend de la fille, c'est elle qui sait ce qu'il faut faire... De toute manière, ce n'est pas parce que tu me bourreras le cul toute la nuit que je t'aimerai davantage, d'accord ? Je t'ai voulu à seize ans, et je te veux encore aujourd'hui ! Et puis, on a toute la nuit pour essayer non ?

— Qu'est-ce que tu as compris, toi ?

— Je n'ai peut-être pas fait beaucoup d'études, mais je connais la vie et je devine beaucoup les choses... Tu sais, quand on a eu une mère qui a fait la pute sur un trottoir et qu'on a été placée dès le biberon à l'assistance publique, forcément on sait des trucs, ça donne de l'intuition...

— Et là, tu as quelle intuition ?

— Je te dis qu'on a toute la nuit. Tu vas te détendre, on va discuter, regarder un film au magnétoscope, manger, boire, et après on verra ! Tu ne m'as pas dit comment tu trouves mon intérieur !

Son intérieur ? Simplement magnifique ! Tout carrelé de blanc : pièce de trente mètres carrés, meublée d'un canapé lit recouvert d'une couette noire brodée de fleurs ocres, rouges, jaunes et noires, un bureau, une étagère, une table basse avec deux tabourets en rotin vert, un ensemble télévision grand écran et une chaîne Hi-fi.

La pièce était ravissante et douillette. À ma droite, une autre pièce, sans fenêtre, de quinze mètres carrés environ, meublée d'une commode, d'une armoire et d'un lit pour enfant en mélaminé blanc.

— Magnifique !

— N'est ce pas ! dit-elle en se levant du haut tabouret, voilà ce qu'on va faire : je vais ouvrir le canapé, incliner le dossier, tu vas te détendre et j'amène deux plateaux-repas dans vingt minutes... Tu peux mettre la télé, écouter de la musique, je vais nous mijoter des petits plats dans la cuisine et... interdiction d'y pénétrer ! Je préférerais que tu pénètres mon intimité tout à l'heure !

Géraldine avait rougi, s'était enfuie et avait refermé la porte de communication pour s'enfermer dans sa cuisine.

Je serais incapable de me rappeler ce que nous avons mangé ce soir là, si ce n'est que le dessert fut accompagné de champagne, prélude idéal à la sensualité des caresses. Et là, je n'en revins pas : une érection ! Certes timide et hésitante, mais une érection quand même était là, sortie de moi, pleine de désir, de sève et de puissance. Une sensation solide que j'avais oubliée. Certes deux pannes ramollirent ma verge pendant quelques instants, mais Géraldine sut de ses lèvres gourmandes me redonner la vigueur nécessaire pour la pénétrer à nouveau. Si ces épisodes d'impuissances furent des plus désagréables, je n'eus pas à me plaindre par la suite, puisque ce ne fut qu'une douce cascade de pilonnages vigoureux tant en position de levrette — Géraldine littéralement perchée sur les tabourets du bar —, que dans les fellations, où manifestement Géraldine excellait.

Étourdi, je me levai le lendemain matin, rempli de bonheur et de sérénité glorieuse, face à une Géraldine excédée et irritée par ma présence. Je devinai que j'étais déjà de trop. Le fantasme de ses quinze ans avait été consommé et il était maintenant mort. Il me fallait partir, sans poser de questions. C'est ce que je fis.

Cependant, je me décidai à rappeler Géraldine quelques jours plus tard :

— On se revoit ?

— Non !

— Pourquoi ?

— Parce que !

— Parce que quoi ?

— Parce que tu n'as aucune place dans ma vie. Je n'aime que les hommes qui savent se conduire en homme dans la vie, et pas seulement au lit... .

— Comme le père d'Emmanuelle, par exemple ?

— Par exemple ! Et avec ton salaire minable, tu es très loin de pouvoir me donner ce qu'il me donne.

— Tu pourrais m'apprendre...

— Toi ? Tu n'as aucune chance !

— Pourquoi pas ? En attendant que ton homme quitte sa femme pour toi, on peut en faire des choses...

— À ce sujet, pour un impuissant, tu te poses là ! Me sauter quatre fois dans la nuit...

— Trois fois, non ?

— Quatre !

— Alors, on se voit ?

— D'accord, on se voit et tu pourras tirer ton coup ! Mais être un homme, c'est pas seulement en avoir une dure et une grosse au lit. Mais je t'expliquerai... Je t'apprendrai...

— Alors, on se voit ?

— Alors, on se voit... Je peux bien accorder ça à l'amour de mes quinze ans... Mais tombe pas amoureux de moi, je suis pas quelqu'un qu'on aime... je ne suis pas ai-mable ! Tu as compris !

Nous nous sommes revus presque tous les jours pendant un mois, et peu à peu, je pris conscience de devenir plus solide, aussi bien dans ma tête que dans mes attitudes et mes gestes.

Puis, petit à petit, et malgré des instants éclairs où nous nous sentions en osmose, notre entente se détériora, jusqu'à ce fameux dimanche soir où Géraldine m'appela pour me demander de passer chez elle. Au son de sa voix, je compris tout de suite ce qui allait se passer.

Après avoir gravi les quatre étages de cette maison du bonheur retrouvé et déjà perdu, Géraldine me remit entre les mains mes deux sacs de vêtements, sans que nous échangions un seul mot.

Ce deux février, la belle histoire s'évaporait, comme je l'avais subodoré. Comme cela était prévisible ! La remise de mes sacs s'était déroulée sur le palier, et je revois encore

Géraldine, nerveuse, agitant d'une main sa cigarette, et de l'autre m'empêchant de rentrer chez elle.

Je n'avais pas eu besoin de ce barrage pour sentir la présence d'un homme dans ce séjour où j'avais connu la renaissance de ma pauvre virilité. Cet homme, là, ne pouvait être que le père d'Emmanuelle et je l'aurais parié, il promettait encore de quitter sa femme.

— Je ne t'aime pas, Roland, me dit Géraldine, comment on pourrait aimer un homme aussi diminué, qui gagne si mal sa vie, et qui porte un appareil dentaire ? J'ai mieux à faire et j'ai là, à côté, un homme, un vrai...

La sarabande douloureuse de mes contractions reprit progressivement, et de nouveau je n'eus plus d'érection, et m'angoissais à la moindre tentative de masturbation. J'avais beau me raisonner, et me dire qu'après tout, n'importe quel homme devait certainement rencontrer ce genre de problème après une rupture, rien n'y faisait. Comme je ne savais plus très bien ce qui pouvait arriver à un homme *normal*, je demeurais inconsolable. J'étais perdu. Je ne me repérais plus.

Il fallait que quelque chose puisse changer ma vie au plus vite. Il me fallait m'accomplir. Trouver un appartement, récupérer mes meubles, m'occuper à le décorer avec goût, oublier mon impuissance et renouer avec ma passion d'adolescence : le chant et la musique ! Géraldine ne m'avait-elle pas dit, elle aussi, que j'avais une belle voix ? Et si je devenais chanteur ?

Et là mon cher toubib, je suis monté à Paris tenter ma chance.

Mais j'arrête ici mon délire, je vous vois depuis un bon moment vous épuiser...

— C'est exact, Roland, mais ton récit m'a appris beaucoup de choses. Il faudra qu'on en reparle...

— Quand vous voudrez...

— Parfait ! Mais cette fois-ci, tu n'attends pas six mois ! D'accord ?

— Promis !

Deux jours après, je reçus un long courrier de Roland :

« Cher Docteur,

« Comme vous me l'avez proposé, je vais continuer le récital que je vous ai chanté aux Lecques, mais une fois n'est pas coutume, j'ai choisi de vous écrire mon escapade à Paris, à la manière d'une nouvelle romancée à la troisième personne.

« Je l'ai intitulé : "Si on chantait." Voyez-vous même ! »

## RÉCIT DE ROLAND, suite :
## « SI ON CHANTAIT ? »

Laissé pour mort sur le trottoir, Roland palpait ses plaies. Il faisait nuit noire. La seule luminosité qui venait faiblement s'écraser sur son visage meurtri était celle du lampadaire municipal. Vraiment, on n'avait pas idée de traîner ses guêtres dans Paris à cette heure-là ! On ne l'avait pas raté, et d'après ce qu'il pouvait palper, on lui avait fait une sacrée gueule : des croûtes sur les joues, du sang boursouflé dégoulinant sur les paupières et le nez, les lèvres se dessinaient dans une douleur couleur de blues. Le tableau ne devait pas être beau à voir.

Deux types l'avaient tenu, tandis qu'un autre le tabassait ; c'était la seule chose dont il se souvenait. Trois heures du matin aux horloges nationales à coup sûr, et rien d'immédiat pour aller se coucher, dormir, et panser ses blessures. Son hôtel était loin.

À peine en équilibre, il mit un pied devant l'autre, et la place Daumesnil parvint sous ses pas après deux heures de marche, seul dans Paris.

Seul, il pénétra dans l'hôtel Picpus, seul il demanda la clé numéro 13, et seul il s'écroula sur le lit. Parmi les morceaux de feuilles éparses caressées à l'encre noire tourmentée qui couvraient son lit, Roland découvrit ses plaies dans l'armoire à glace qui lui faisait face.

Son visage parsemé de plaques rouges, de croûtes molles sanguinolentes, l'effraya. Il se leva d'un bond vers la salle d'eau et l'éclaira rapidement. Il fouilla dans la trousse de toilette, posée là, sur l'étagère au-dessus du lavabo, en sortit un kleenex, l'imbiba d'eau et l'appliqua d'abord sur ses joues, puis sur ses lèvres et enfin sur le nez et le front. Il reposa le mouchoir en papier mouillé taché de sang sur le rebord du lavabo, en prit un autre, qu'il imbiba cette fois-ci de parfum et refit la même opération, sans crier.

L'opération terminée, Roland se saisit d'une guitare posée contre la table de nuit, et s'assit sur le lit.

Enfin, paumé dans l'ailleurs, les doigts redevenus libres plaquèrent des accords sur les cordes d'acier. Sa verve gambergea et l'inspiration vint si vite qu'il prit la décision de mettre ça sur cassette.

Perfectionniste, Roland entreprit d'accorder le son de sa guitare sèche, fit quelques essais d'enregistrement, puis silence... Il était cinq heures... Paris... L'attente...

Soudain, sa voix, sa musique, et tout le crachat de sa semence emmagasinée dans cette impuissance qui l'empêchait aussi de se battre, se logèrent dans cette boîte à graver la musique. Quelques voisins se mirent alors à tapoter la tuyauterie, certains d'entre eux claquèrent du bec jusqu'à sa porte, et malgré le vacarme renoncèrent tous assez vite pour se rendormir emmigrainés jusqu'à la moelle.

Au numéro trois de la rue Cavalotti existait un producteur de disques dont la plaque dorée paraissait terne sous ce temps maussade. À peine huit heures sonnées, il y était : le talent n'attend pas !

Derrière un comptoir bustier, une jeune femme semblait l'attendre. Brune, l'œil noir sur fond vert, les lèvres rougies, dessinées comme une bouche à pipes, l'air dégagé de la suffisance, cette hôtesse lui cria d'attendre son tour, en l'envoyant paître dans l'un des fauteuils en moleskine grise. Roland courba l'échine, pointa son postérieur sur le premier siège, mais ne prenant garde à leur mollesse, il glissa sur le deuxième pour enfin aller se caler confortablement dans le troisième. Toutefois, malgré tout, Roland ressentit une douleur dans sa fesse gauche jusqu'au périnée, comme si des aiguilles le piquaient.

Prêtant l'oreille, il parvint à saisir quelques sons fugitifs et des craquements de bandes magnétiques que l'on arrache, puis des cris, des hurlements ; des craquements qui redoublèrent de portée, de vigueur pour ensuite expirer et s'étouffer. Des cris, des pleurs, et un défoncement de porte dont les éclats s'amoncelèrent jusqu'à son fauteuil. À son sommet un petit homme tout blanc et un peu chauve, se débattait. Puis, le petit homme se releva aussitôt et se mit à courir à toutes jambes pour sortir de l'enfer. Roland remarqua des lacets en fils de chrome entortillés aux chaussures du fuyard. Derrière lui, un gros, un énorme, un satisfait, un tranquille, un peinard, un grotesque bonhomme s'épongeait le front en faisant signe à sa secrétaire de venir à lui, tout en jetant un coup d'œil malicieux et agressif vers le môme de trente ans, Roland, assis dans l'un des fauteuils de sa salle d'attente.

— Avons-nous rendez-vous, jeune homme ?

— Non, mais...

Le gros homme s'agita, s'agrippa au col de chemise noirci de crasse que Roland portait depuis trois jours, et le traîna dehors sans ménagement.

— Je n'ai pas de patience moi, monsieur ! Je n'ai pas de patience ! Et quand je commence tôt le matin, il ne faut pas trop me chercher ! s'écria le bonhomme hors de lui, en lâchant sa proie sur le trottoir, côté pair.

Le cul sur le bitume, Roland se mit à pleurer. Il se releva ensuite très vite et courut sous la pluie violente. Tout se mit alors à bouger et à gémir autour de lui. Il continua à courir, à glisser et à chercher chaque fois son équilibre, puis il changea de trottoir pour ne plus pleurer, et marcher du côté impair vers la rue Royale, avant de se décider à s'abriter sous un porche.

Il se retrouva bientôt dans une cour intérieure. Quelques pas jusqu'au premier bâtiment et il poussa une grande porte vitrée. Un hall moquetté de rose du sol au plafond, l'accueillit, tout orné de disques d'or et de lithographies de chanteurs célèbres sur les murs.

Roland huma le parfum curieux qui s'en exhalait.

Puis, décrottant les semelles de ses chaussures crottées, sur la moquette rose, il hâta le pas jusqu'au bout du couloir en direction d'un comptoir d'accueil, se présenta à l'hôtesse, et alla très vite se réchauffer dans une salle d'attente meublée à l'anglaise toute côtelée de cuir rose, elle aussi.

Il ne restait que deux fauteuils libres, parmi une quinzaine. Une nouvelle fois, le premier glissa sous ses fesses, et Roland s'écroula sur le second siège. Incident que personne ne sembla remarquer, tant l'attente paraissait longue au point d'absorber la vue.

Déjà midi.

À midi dix, deux personnes arrivèrent encore, et se résignèrent à rester debout, comme les quatre autres qui étaient là depuis onze heures. Pendant ce temps, la jeune femme quittait son comptoir, bientôt remplacée par une autre, plus ronde, et apparemment plus sympathique.

La salle se mit peu à peu à se vider. Ceux qui attendaient debout jusqu'alors, purent s'asseoir au rythme d'une sonnerie très discrète, à chaque fois que quelqu'un pénétrait dans l'antre par deux grandes portes matelassées de cuir rose.

À quinze heures, Roland s'approcha du comptoir :

— Puis-je m'absenter un moment, madame ?

— À quelle heure avez-vous rendez-vous ?

— À... quatorze heures...

La jeune femme rondelette baissa les yeux vers un agenda :

— Pas de problème, il y a beaucoup de retard. Prenez votre temps, monsieur...

— Merci madame, je reviendrai dans une heure...

Un café, une bière, un sandwich, vite ! Le premier troquet venu ferait l'affaire. Urgence... Rassasié en dix minutes, Roland chercha son paquet de cigarettes dans ses poches, en sortit une du paquet et l'alluma en demandant du feu à son voisin de table, lequel lui en offrit tout en le regardant d'un œil bizarre. Tandis que les volutes de fumée bleue s'élevaient, Roland se laissa entraîner par des pensées torturées : « Il faut absolument que je résolve au plus vite le malaise qui me hante ! Je pense trop à ce que je dois faire, au futur, et jamais assez au présent. Je ne sais qu'attendre ou me précipiter, je ne sais pas organiser mon temps et je n'en peux plus d'être nerveux, angoissé, tendu, irritable, contracté, surmené au point d'oublier de sentir, de ressentir, de deviner, d'aimer et de me faire aimer. Je veux bander, mais je ne sais pas désirer. Rien d'étonnant alors si j'ai échoué avec ces deux filles que j'ai ramenées avant-hier chez moi. Comme si les meubles récupérés après deux années de garde m'avaient rappelé à l'impuissance ! Malgré l'échappée virile avec Géraldine.

« C'est vrai, je dois apprendre et comprendre, à ressentir et à sentir, ma vie animée du désir de mes sens et lui donner du plaisir. Je dois me guérir de l'impuissance qui est en moi, lutter pour que cesse cet absurde combat. Je dois, coûte que coûte, assouvir la violence de ce corps qui se révolte et s'explose. Je dois lutter contre ce déhanchement et ces douleurs qui me contraignent à boiter, et le plus souvent à m'allonger. Je dois rééduquer cette carcasse destructrice qui insensibilise ma verge au désir, bref, je ne veux plus être cet eunuque lamentable qui survit, je veux récupérer cet organe perdu il y a cinq ans !

« Mais, après tout, ai-je véritablement un jour possédé une queue ? Castré comme je l'ai toujours été par une mère qui allait jusqu'à me reprocher d'exhiber les formes de mes organes lorsque je portais ne serait-ce qu'un survêtement ? A-t-elle vraiment reconnu qu'elle avait mis au monde un garçon, c'est-à-dire un homme en puissance ? Ne m'avait-elle pas incité à porter les cheveux longs jusqu'à l'âge de douze ans, à tel point que l'on me prenait souvent pour une fille ? Après tout, me suis-je un seul jour senti homme, moi qui ai toujours eu peur de me battre, et que l'on ménageait à loisir comme une fillette, en toute circonstance, et surtout celle où habituellement on aurait fait appel à un mâle ? Et la dispense de gymnastique tout au long de ma scolarité ? Et l'exemption du service militaire, si bien préparée ?

« Et un jour, il y a cinq ans, ce joujou, dont j'avais pu jusqu'alors disposer à ma guise, s'est cassé. Un joujou que je n'ai d'ailleurs pas beaucoup vu chez mon père, lorsqu'il était en maillot, sur la plage. Absence de formes peu banale, avouez-le ! Comment aurais-je pu m'épanouir avec un père si absent, si passif, dominé par sa femme, ma mère, au débit de parole si rapide, au caractère changeant, emporté, décousu, confus et autoritaire, contestant, protestant à tout va, et déclamant que tout dans la vie devait se faire vite ? Quelqu'un qui ne comprenait pas ce que déroulement et accomplissement voulaient dire. Elle donnait tellement de conseils contradictoires ! Comment aurais-je pu m'accomplir, m'épanouir, m'affirmer, suivre de longues études et choisir un métier répondant à mes aspirations ? Comment ? Je n'ai jamais eu le temps d'apprendre à les connaître, si bien que j'ai un jour opté pour un métier de femmes, comme pour rester asexué. Assistant social ! Pensez donc ! À six ans je voulais être pape ! Je n'ai finalement pas changé d'idée depuis cet âge, qu'en pensez-vous ? Pape ou assistant social, ces deux jobs ne se ressemblent-ils pas au fond ? N'ont-ils pas en commun le blanc immaculé de la robe que je ne porte pas, l'amour de l'autre, la charité, et surtout l'extrême avantage de ne pas avoir à se servir de son sexe ?

« Pour exister, il me faudrait changer de métier. Comment pourrais-je subsister dans cette profession dévalorisée, dont la formation n'est pas reconnue ? Et puis, comment aurais-je pu ne pas me gargariser de contes maladifs, avec un père qui, dès mon plus jeune âge, se plaignait de maux d'estomac interminables ? Comment aurais-je pu avoir une image masculine saine, avec ce père si faible et si soumis à la domination de ses filles et de sa femme ? Était-ce pour cela qu'il n'était jamais en forme et en formes ? Comment aurais-je pu être vaillant et courageux comme un homme se doit de l'être ?

« À propos d'estomac, tenez-vous bien : la mère de mon père, ma grand-mère, avait eu, au cours de sa vie, à se plaindre elle aussi de maux d'estomac. Sans vergogne, elle avait attribué ce mal, à qui voulait l'entendre, à la maternité et à la naissance de ce qui allait devenir mon père ! Un père qui, à son tour, le jour de ma naissance, avait refusé d'accompagner ma mère à la clinique, prétextant, alors que l'accouchement s'annonçait franchement : « Que ce n'était pas le moment ! » Il avait mal à l'estomac. Révélateur, n'est-ce pas ?

« C'est évident, comment aurais-je pu éviter d'être castré un jour d'un attribut que je ne possédais pas vraiment ? Fonctionnant sur la lancée de la puberté, et après qu'il eut honoré une centaine de filles, il ne pouvait que se briser au moment même où le jeune garçon devenait homme. Vingt-quatre ans, n'est-ce d'ailleurs pas l'âge auquel le garçon cesse sa croissance ? Quant à l'impression que j'avais eue d'être castré au cours de l'extraction d'un kyste au pubis, n'était-ce pas en fait, enfouie au fond de moi, une négation congénitale de ma sexualité que l'on m'extirpait ? Je comprends tout...

« C'est décidé. Je ne veux plus me lever le matin déjà vidé, déhanché, avec la queue molle et ce visage cadavérique qui ferait se casser les miroirs. Je ne veux plus être ce légume habillé de vêtements qui n'épousent plus la forme de ce corps décharné. Cinq ans, cinq années de calvaire féroce à regarder un lit comme une geôle de l'enfer, à rechercher un pénis introuvable. Je ne peux plus continuer dans cet état absurde, je veux guérir et découvrir un havre de paix et d'amour !»

Roland sortit brutalement de ses pensées narcissiques, comme s'il avait été averti secrètement de l'heure qui avait tourné.

Les mêmes fauteuils l'attendaient, mais il n'y avait plus personne, pas même la petite rondelette du comptoir. Roland, se mit à somnoler, puis s'endormit.

Une voix forte le réveilla en sursaut :

— Alors jeune homme, vous roupillez ! Allons, allons debout !

Roland se redressa pour bientôt se retrouver face à un bureau de bois noir, large de quatre mètres au moins, et derrière lequel s'agitait l'ombre de son interlocuteur. Mais il ne distingua pas grand-chose de lui, tant les grosses lunettes d'écailles qu'il portait sur le nez lui cachaient le visage.

— Je suis Jimmy Kederman, directeur artistique des disques RKVO. À qui ai-je l'honneur ?

— Je m'appelle Roland Danton, et j'aurais une douzaine de titres à vous faire écouter...

— Deux suffiront ! Donnez votre cassette !

Avec délicatesse, cet homme à la voix si douce qu'on en oubliait l'autorité, se saisit de la bande minicassette que Roland lui tendait, et l'enfourna dans la bouche béante d'une platine posée là sur sa gauche, parmi un ensemble acoustique qui puait la qualité professionnelle. Il mit la machine en marche, et là, Roland s'effondra intérieurement, épuisé, avec un mal au ventre comme jamais, une souffrance qu'il avait l'habitude d'apaiser en se récitant quelques vers du *Bateau Ivre* de Rimbaud. Soudain, alors que les douleurs abdominales s'estompaient, ses testicules remontèrent dans le pubis, entraînant sa verge aux trois quarts. C'était à prévoir, et au fur et à mesure que la bande défilait, dépassant le troisième morceau, le phénomène s'effaça pour disparaître enfin. Kederman stoppa l'écoute après la dixième chanson.

— Intéressant... Très intéressant... Du chien... Mais de là à rentrer dans un créneau de vente, c'est une autre histoire ! Avez-vous déjà chanté sur scène ?

— Non, pas vraiment...

— C'est sans importance, ça s'apprend, si l'on s'en donne les moyens... De là à devenir une bête de scène, c'est une autre histoire... Peu importe pour l'instant !... Je vous encourage à exploiter, à arranger, à affiner, à peaufiner tout ça et de nous revoir lorsque vous vous sentirez prêt...

— Pour être franc, je suis quelqu'un d'assez isolé, je connais peu de personnes susceptibles de m'aider sur Marseille... En clair, je ne pense pas pouvoir me débrouiller tout seul...

— Vous semblez ne pas m'avoir tout à fait compris, jeune homme... Il n'est pas question de vous laisser vous dépatouiller dans votre coin ! Je vais proposer votre travail, au Directoire des disques RKVO pour un contrat à l'essai de six mois... N'en tirez pas pour autant des plans sur la comète, il *s'agirait* seulement d'un contrat à l'essai : je souligne le conditionnel... Durant cette période de six mois vous aurez à prendre des leçons de chant, de solfège, de guitare, de piano et participerez aux arrangements de vos chansons, avant de passer en studio. Après nous verrons... Je pense pouvoir vous donner une réponse dans un mois, mon ami. Il vous reste donc à prendre toutes les dispositions que vous jugerez utiles pour être fin prêt d'ici là... »

Voici donc le compte-rendu de mes débuts dans la chanson, et voici encore un matin où le réveil n'a pas sonné, encore un matin où je suis en retard, et encore un matin où le soleil ne se lève pas pour moi, parce que c'est encore et encore un jour sans érection.

Aidez-moi, docteur Michel, aidez-moi !

## LA DERNIÈRE LIGNE DROITE

Je ne pus à nouveau qu'être l'homme-orchestre du parcours de santé de Roland. Si j'avais pu noter une certaine rémission des troubles et l'amorce d'une guérison, le calvaire semblait bel et bien vouloir recommencer.

Depuis mars, l'école dentaire avait pris la décision de lui lever la gouttière propulsive qu'il mâchait dans sa bouche depuis six mois, et avait entrepris de reprendre les racines de ses dents dévitalisées, une à une, pour les obturer. Les séances avaient le plus souvent duré quatre heures, et comme prévu, au fur et à mesure de l'avancement des travaux, on lui avait posé des prothèses en résine provisoire, dont la malléabilité à la longue, devait permettre un articulé bien adapté à la bouche. Roland se débarrassait enfin de ses anciennes coiffes en céramique, vulgaires et dépareillées.

En théorie, une fois les soins terminés, il suffirait donc de relever des empreintes, de commander de nouvelles prothèses, de les fabriquer, et de procéder sous dix jours, à la mise en place définitive d'une dentition de star.

Roland, ne voulait-il pas devenir chanteur ?

À ce sujet, monsieur Kederman, le directeur artistique

des disques RKVO lui avait d'ailleurs écrit vers la fin mai, pour l'informer que le Directoire avait émis un avis favorable. En conséquence, Roland devait se tenir prêt pour septembre, et non pour le mois d'avril comme il en avait été question. Ceci, sans autres précisions.

Ce recul d'échéance avait permis à Roland d'envisager ses soins, sans avoir à se presser ou à se stresser. Toutefois, à la vingtième séance de quatre heures à laquelle il se soumettait, seules onze des dix-sept dents à traiter avaient été soignées. Roland crut mourir d'impatience. Si l'étudiant en chirurgie dentaire qui opérait, se montrait doux et plutôt sympathique, il fallait bien reconnaître sa lenteur. Roland finit par mal accepter de perdre autant de temps à s'avachir sur un fauteuil de dentiste et fit le tour de trois ou quatre dentistes aux tarifs exorbitants, dignes des plus grandes extorsions mafieuses, pour atterrir à deux pas de chez lui, chez le Docteur Mimoun. Ce dernier lui proposa un devis égal au montant que lui rembourserait la Sécurité Sociale et la mutuelle. Un *bon pour accord* fut signé dans les règles. Ce dentiste ne reprit aucune des racines susceptibles d'être traitées, estimant leur obturation précédente convenable (mais quand je regarde le panorex et les radios de Roland aujourd'hui, Dieu sait si je peux constater que c'était faux !), et se fit même prier pour dévitaliser une canine qui pourtant, ajoutait une céramique aux dix-sept initialement comptabilisées.

Ce docteur Mimoun passa donc directement aux empreintes et à la mise sur articulateur, avec promesse de mise en bouche sous huit jours.

Curieusement, à partir de ce jour-là, la chance que Roland avait cru saisir, vira de bord. Il dût attendre quarante jours avec des bridges provisoires antérieurs qui tombaient tous les trois jours, et il n'avait aucune possibilité d'appui à l'arrière. Si bien qu'il ne pouvait trouver le repos que dans le sommeil.

Une dispute tonitruante, tout au début de l'été, souleva la poussière du cabinet dentaire, et le docteur Mimoun dut talonner son prothésiste pour que les bridges puissent être livrés au plus vite.

Quarante-huit heures après, Roland put enfin mâcher à son aise et goûter pleinement à une nourriture qui lui avait tant manqué pendant son jeûne forcé ; il avait maigri de dix kilos, mais son sourire était radieux et le résultat tel, qu'il fallait être dans la confidence pour s'apercevoir que ses dents étaient fausses.

Roland put commencer ses cours de chant et de solfège, reprendre goût à la vie et reconquérir un corps et un mental par la pratique du karaté. Il m'avait alors semblé revoir de nouveau le beau gosse décidé et sûr de lui, fier de ses succès féminins. Toutefois, il se refusait toujours à aller vers les femmes et à tenter sa chance auprès d'elles tant sa peur de l'échec le tenaillait. Le quinze juillet, Roland se rendit à Lyon consulter le professeur Dargentier qui lui fit subir à nouveau, pour bilan, une érectométrie nocturne et un électromyogramme confirmant l'existence persistante d'érections nocturnes diminuées, ainsi que des signes de souffrance du nerf honteux interne. Ce diagnostic ne sembla pas étonner le professeur Dargentier. Il prit aussitôt la décision de pratiquer l'intervention chirurgicale tant repoussée jusqu'ici, à savoir le désenfouissement du nerf honteux interne, au niveau du canal d'Alcock.

Roland n'en menait pas large, et m'avait confié, lors de conversations téléphoniques interminables, ses craintes, mais aussi sa joie d'en finir avec tout ça.

De son côté, le professeur Dargentier m'avait tenu au courant de sa décision d'opérer et il m'avait paru très confiant, comme à son habitude, contestant mon parti pris d'attendre septembre pour éviter les grosses chaleurs. Et il eut cent fois raison. L'opération fut un succès : le lendemain, une douce et puissante érection accompagna le réveil de Roland.

Les jours suivants, le résultat positif fut confirmé par des masturbations fréquentes qui l'avaient rassuré, si bien que lorsque le professeur Dargentier lui rendit pour lui annoncer le rétablissement complet de sa fonction érectile, Roland ne prit même pas la peine de lire le protocole opératoire et les examens de contrôle.

Ce qui en soi était bon signe. La manie qu'il avait eue par le passé, d'éplucher et de décortiquer les rapports médicaux jusqu'à épuisement, était devenue pathologique.

Il était guéri, et cela lui suffisait. Il pouvait alors, rempli de joie, revenir à Marseille dans un train à grande vitesse, lequel pour la première fois ne ferait pas pour lui fonction d'ambulance.

Il pourrait débarquer sur le quai de la gare comme un homme heureux, fin prêt pour l'amour.

À ce sujet, il m'avait raconté qu'au cours du retour de son premier voyage en train, après une consultation médicale déroutante dans laquelle il avait pourtant placé tous ses espoirs, il avait remarqué à deux banquettes de lui, une fille charmante qu'il n'avait pu, ensuite, cesser d'observer. À l'arrivée, la fille s'était jetée dans les bras d'un homme, sur le quai. Cette effusion avait perturbé Roland. Il s'était soudain senti seul, très seul, abandonné et mal aimé. Doublement impuissant.

Cette fois-ci, même si aucune femme ne devait être là, à l'attendre, il pouvait désormais descendre d'un train et marcher comme un homme normalement constitué, animé, enfin, d'un désir et d'un organe sexuel qui balayaient six ans de malheur.

Il était déjà dix-neuf heures ce jour-là, et j'avais promis à Roland de venir l'accueillir à la gare, à dix-huit heures trente six pétantes. Cependant, retardé dans un cours Lieutaud embouteillé, je n'avais pu avancer d'une roue. Un sérieux bouchon avait commencé à Castellane, et semblait se propager jusqu'en haut du boulevard d'Athènes, c'est-à-dire au pied des escaliers de la gare. Je râlais tout ce que je savais, d'autant plus que je me trouvais dans l'impossibilité d'écouter de la musique. On avait eu la bonne idée de me chiper mon radiocassette dans l'après-midi.

Pendant que j'attendais, un parmi les autres, dans cette circulation grouillante et pourtant comme immobile, polluante et bruyante, que l'on ne rencontre en général, que les soirs de grand match de l'Olympique de Marseille, un attentat non revendiqué secouait la consigne à bagages de la gare Saint Charles.

Parmi les débris et les corps déchiquetés, ensanglantés et inertes, on retrouva celui de Roland Danton, décapité.

# DEUXIÈME PARTIE

## ROLAND RESSUSCITÉ

Roland était mort, et cela je ne pouvais l'admettre.

Était-ce mon désir de vouloir le maintenir en vie, qui fit que l'avenir me donna heureusement raison ? Je ne sais pas.

En tout état de cause, contrairement à ce que l'on avait prétendu et affirmé, Roland n'avait pas été décapité lors de l'attentat meurtrier de la gare Saint Charles, revendiqué par les indépendantistes corses. Quel idiot j'avais été de croire, dur comme fer, ne fût-ce qu'un instant, au rapport de la morgue ! Quel fatras d'inepties ! Et quelle bavure !

Toute la procédure d'identification n'avait reposé que sur un seul indice : la carte d'identité retrouvée dans le blouson déchiré du jeune homme sans tête.

Effectivement, d'après les documents en possession de la police, le cadavre avait pour nom Roland Danton, et nul n'avait douté qu'il pût s'agir d'un autre.

Bien entendu, si on avait eu la délicatesse de me

convier à l'autopsie, il eût été facile de lever le voile sur l'odieuse méprise.

Pétrifiés par le chagrin, aucun des membres de la famille n'eut le courage de se rendre au dépositoire pour reconnaître la dépouille.

Aussi, quelle ne fut pas ma surprise lorsque le lendemain, Roland, s'était présenté à mon cabinet.

Midi avait sonné à l'église baptiste située au coin de ma rue, et pour la énième fois, je recevais mon malade imaginaire préféré.

L'entretien avait été court, mon habitué avait insisté pour payer, ce que j'avais encore une fois refusé avec vigueur. Alors que je le raccompagnais, on avait sonné et la porte avait été poussée violemment. Roland était alors apparu comme un songe de l'au-delà. En somme je me trouvais nez à nez avec la mort. Je crus défaillir. J'avais les jambes cisaillées, la tête me tournait, ma respiration s'essoufflait et mes tempes étaient secouées de spasmes circulatoires. Ma secrétaire avait poussé un cri strident en hurlant : « Ciel ! Roland !» avant de s'évanouir derrière son bureau. Un des clients, prévenu par le vacarme de la chute, s'était précipité sur elle pour la réanimer. Je ne savais plus où j'étais. Je ne bougeais plus. Mon malade imaginaire, à la mine de chien battu, déconfit, m'observait avec un air niais. Il tenta avec force de retirer sa main, que j'avais gardée, la broyant dans la mienne. Et tandis que je balbutiais, Roland me souriait. Je clignais des yeux. Je transpirais. Ma vue se brouillait.

— Oui, docteur, c'est moi ! Je vais vous expliquer ! m'annonça Roland.

La salle était bondée, certains clients piaffaient. J'avais pris plus d'une heure de retard et j'avais même accepté d'en recevoir certains qui n'avaient pas de rendez-vous. Pourtant, je fis rentrer Roland dans mon bureau, sans aucun scrupule.

Nous nous jetâmes dans les bras l'un de l'autre, en une virile accolade.

— Roland, lui avais-je dit, prends un siège !

— Je comprends votre réaction, docteur... On devait m'enterrer et je suis là, devant vous, bien vivant ! Il y a de quoi tomber des nues et devenir fou ! Et pourtant, la raison de la confusion est très simple...

— Ah ! Je t'écoute bien volontiers !

— Voilà... En sortant de l'hôpital, j'étais tellement heureux que j'ai voulu renouveler ma garde-robe de pied en cap, avant de revenir sur Marseille. J'ai d'abord butiné dans le centre-ville commerçant de Lyon. Mes emplettes m'ont pris toute la journée d'hier. Le soir, pour essayer ce que vous savez, j'ai loué une chambre dans un grand hôtel. Là, à la réception, j'ai demandé une professionnelle. Vous voyez ce que je veux dire ! Une belle plante est arrivée. Tout s'est déroulé à merveille. Je ne vous fais pas de dessin ! J'ai même fêté ça au champagne, en pleine nuit. La fille m'a quitté aux aurores. J'ai dormi jusqu'au milieu de l'après-midi, puis j'ai quitté l'hôtel et pris un petit-déjeuner à la brasserie de la gare. Vu l'heure, le garçon m'a jeté un sale œil. J'avoue que je planais tellement dans mon bonheur de nouvel homme, que je n'ai pas fait attention à ce qui se passait autour de moi... Au moment de payer, je me suis rendu compte que mon blouson avait disparu. Et dans mon blouson, bien sûr, il y avait mes papiers et mon argent !

— C'est aussi bête que ça !

— Eh oui ! ... Heureusement, si je peux dire, j'avais conservé mon Eurocard Master Card et mon billet de train dans la poche de ma chemise. Et comme je ne voulais pas faire d'histoire, j'ai commandé un repas pour que mes consommations atteignent une somme suffisante pour payer par carte bancaire. J'ai mangé. Avec ce qui m'était arrivé, je ne vous dis pas la digestion ! Je suis allé directement au Commissariat porter plainte. C'est comme ça que j'ai raté les deux trains du soir. J'ai pris une nouvelle chambre d'hôtel, où j'ai pioncé dès dix-neuf heures, pour me réveiller au petit matin... J'ai juste eu le temps d'attraper le train de six heures dix... C'est à la buvette du Corail, que j'ai eu connaissance de ce qui s'était passé, la veille au soir, à la gare Saint Charles. Des voyageurs n'arrêtaient pas d'en parler. Alors j'ai chipé un journal sur un présentoir et je suis tombé sur un article qui parlait d'un certain Roland Danton, qui avait été décapité. L'info avait dû filtrer des services de police. Je suis resté dans mon coin jusqu'à Marseille.

En débarquant, j'ai couru au commissariat. Ils m'ont regardé bizarrement et ont hésité à me croire. Au bout d'une heure, on m'a autorisé à appeler mes parents. Bien entendu, ils se sont précipités. Ma mère pleurait tout ce qu'elle savait depuis la veille. À l'heure qu'il est, ses larmes doivent encore inonder les voies ferrées. En fin de compte, j'ai pu faire ma déposition, consoler mes vieux et me voilà... ici, devant vous, et vivant !

Mon cœur battait la chamade. Mes pores tremblaient et je transpirais toute l'eau de mon corps. « Roland n'était pas mort ! Roland n'était pas mort ! Roland était bien vivant ! » me répétais-je à moi-même.

— Tu es vivant, c'est le principal ! m'écriai-je bêtement. Offre-moi une cigarette !

J'aspirai quelques bouffées, me levai, me dirigeai vers ma rustique mappemonde de corsaire et coupai le monde en deux pour accéder aux bouteilles.

— Que veux-tu boire ?

— Je prendrais bien un bourbon...

— À ta guise, cher rescapé ! Allons-y pour deux bourbons bien remplis ! Nous avons deux choses à fêter : le fait que tu sois en vie et ta guérison ! Tu as des chances de faire, dès demain, et peut-être dès ce soir, la une des quotidiens !

Tremblotant encore, j'arrosai les deux verres en cristal de bohème, et en tendis un à Roland.

Nous bûmes d'un trait. J'eus tout à coup très chaud et manquai m'évanouir. Roland était vivant. Roland était guéri. Une nouvelle existence s'offrait à lui. J'étais, oui, véritablement, très exactement heureux.

Le retour à la vie de Roland ne fit l'objet que d'un maigre entrefilet dans les journaux de la ville. Aucune télévision ne prit la peine de souligner le miracle. Il eut même quelques ennuis pour refaire ses papiers, attendant deux mois pleins, pour enfin obtenir que son identité fût de nouveau sur carte timbrée. On ne lui fit aucun cadeau, ni facilité aucune.

Puis il reprit son travail, connut quelques aventures, histoire de rasséréner ce corps encore angoissé par l'échec.

Puis, moins d'une année après sa guérison, à la surprise de tous, il se mariait avec une certifiée de lettres.

Tous deux s'installèrent sans tarder dans un appartement qu'ils avaient eu la bonne idée de me racheter, rue de l'Olivier : un an après, au début du printemps, alors que sa charmante épouse attendait un heureux événement, Roland rencontra, à nouveau, quelques problèmes de santé : une sérieuse allergie lui emboucana les bronches et les fosses nasales au point de sérieusement l'handicaper.

Ceci lui valut notamment une série de déboires professionnels, qui faillirent lui coûter sa place.

Rappellerais-je qu'il n'aimait pas le milieu professionnel dans lequel il évoluait — ou « moisissait » selon son expression —, et qu'on le lui rendait bien.

## UNE HISTOIRE DE MILIEU

Les hostilités s'ouvrirent par la nomination d'une nouvelle chef de bureau. Roland s'y opposa dès le premier jour, avec virulence. Il est vrai qu'elle n'avait usé que de très peu de diplomatie et de correction, démolissant tout et tous, sur son passage. Comme elle était très grosse, certains l'avaient très rapidement baptisée Orca. Orca. Orca la grosse. Orca la truie.

Dépassant le quintal, sa corpulence, impressionnante, et son visage, épais, stéarineux, avaient façonné une dégaine monstrueuse. Autant dire qu'elle était d'une rare laideur, adipeuse, épaisse au sens propre comme au figuré. Même après plusieurs semaines d'exercice, elle ne savait s'adresser à autrui qu'avec colère, agressivité, reproche et verbe tonitruant, et bien entendu, à deux mètres de lui, tant elle craignait le contact humain et sa mauvaise haleine. Bref, l'assurance, la douceur, la courtoisie et la finesse à l'état infinitésimal, voire même inexistant. Cependant, elle n'était pas seulement tout cela, asociale et discourtoise, dégoulinante de sueur nauséabonde et haletante de dégoût, elle était aussi, brouillonne et bordélique au plus haut point.

Il suffisait de lui confier un document pour qu'elle le perde aussitôt. Et lorsqu'elle le retrouvait — la plupart du temps, six mois plus tard —, elle convoquait l'intéressé(e) dans son bureau pour une réprimande. Comme elle avait pour habitude de convoquer sur-le-champ tout personne à qui elle avait quelque chose à communiquer, chacun croyait avoir commis, à chaque fois, une faute de la plus grave importance. On ne discutait pas, on n'obéissait pas, on obtempérait « Yes sir ! Yes Sir ! » En somme, la quintessence, le sens du dialogue, de la communication et de la gestion du personnel à l'état pur ! De quoi faire propager la terreur et l'infantilisme dans les rangs ! Une folie furieuse comme l'humanité n'en produit plus depuis la nuit des temps.

Elle était également idiote à ne pas croire, ne supportant ni l'intelligence, ni l'humour, ni la répartie, et encore moins l'esprit de contradiction ou la faculté de synthèse qu'elle n'avait pas. Elle estimait aussi avoir tout lu, tout vu, tout compris et ne pouvait admettre d'apprendre autre chose qu'elle ne sût déjà. Castratrice au plus haut point, sa tyrannie atteignait davantage l'orgueil des hommes que celui des femmes.

Émanait d'elle un effarant besoin de tout gober, de tout bouffer, d'ingurgiter, d'en imposer, de dominer, de contrôler, d'emmagasiner et de ramener tout à soi avec voracité, pour ensuite tout dégueuler cycliquement par des arrêts pour maladie. Roland en était arrivé à penser que la raison qui la faisait grossir s'inscrivait dans cette problématique inquiétante. Vorace, boulimique, elle l'était dans tous les domaines. Seul un universitaire bardé de diplômes pouvait, un temps, la faire plier. Mais très vite, le piédestal de l'universitaire se voyait également pulvériser sous ses coups de bélier. Cette attitude était fort prisée parmi la gente assistante sociale, peuple frustré par nature et par diplômes préparés hors université ; une université dont elle surestimait la qualité. Orca persistait à croire que le savoir ne pouvait que passer par cet honorable établissement de l'enseignement supérieur ; elle dénigrait alors le niveau de diplômes de ses subalternes, la qualité de leur formation, estimant parfois qu'ils avaient enculé les mouches tout le temps de leurs études, (supérieures, soit dit en passant).

Il est bien connu, qu'en tout infirmier ou kinésithérapeute sommeille un médecin raté et que chez toute assistante sociale somnole un universitaire avorté.

Les assistantes sociales n'ont pas une compréhension instinctive des êtres humains, et demeurent les seules au monde à empêtrer leurs méninges dans un enchevêtrement de théories pluridisciplinaires et intellectuelles absurdes.

Cette race dégénérée fut payée de retour, lorsqu'un jour, le grand patron de la boîte, dans sa grande lucidité, décida de faire appel à un cabinet consultant, en vue de l'expertise et de la remise en cause de l'action sociale.

Une telle mesure se devait d'être fort appréciée par le corps professionnel, peu enclin à faire confiance en ses propres capacités intellectuelles d'analyse et d'imagination, et préférant à ce titre, comme toujours, s'en remettre à un professionnel dûment diplômé, à savoir un universitaire patenté et (souvent) barbu, censé leur rendre *in vivo* cette parcelle d'études universitaires non accomplies. Encore le complexe de l'Université !

Bien entendu, seul Roland fut à même de discerner que l'on faisait travailler des petits copains, en échange d'une fortune sonnante et non trébuchante. Excellent moyen de blanchir de l'argent, s'il en est !

Cet événement n'avait pas manqué de mettre en émoi mondain, Angelina, l'épouse du premier Président de la Cour Régionale des Comptes. Petite, volubile, bien faite malgré une cinquantaine passée, Angelina, dans l'espoir de ne pas passer pour de la piétaille, s'institua Chef Adjoint. Cette doublure contrastée ne pouvait, bien évidemment, pas éviter de paraître grotesque.

La concurrente directe d'Angelina, Paola, de la même taille, à la différence près qu'elle affichait un visage revêche, aiguisa sa légendaire mauvaise humeur. Hargneuse du matin au soir, sa bouche se vrilla dans un rictus dédaigneux, son œil devint meurtrier et son eczéma tripla de volume.

Bien entendu, on n'oublia pas de mettre Roland plus bas que terre, à chaque fois qu'il parlait pour dénoncer la perfidie du service social et la mesquinerie de la profession. Personnellement, je pense sincèrement que si les fosses à lions avaient encore existé, certaines n'auraient pas hésité à l'y jeter.

Le clan restant, indolent, indifférent et résigné, n'aurait même pas levé le petit doigt pour empêcher Orca, Angelina et Paola de le faire.

Pour en revenir à Orca, l'ambiance avait donc sacrément tourné au vinaigre depuis sa venue. Si la confraternité n'avait jamais été la tasse de thé des gens en place, elle n'avait jamais atteint un tel paroxysme dans la dénégation, la trahison, la délation des «affaires», à l'instar de la vie politique française et italienne de la fin du vingtième siècle. Il faut dire qu'Orca ne cousait ni dans la dentelle, ni dans la douceur, et que malgré ses formes informes et spongieuses, elle n'arrondissait pas du tout les angles.

Dès le début, elle avait assis son autorité sur des crises hystériques d'abus de pouvoir, chipotant sur des détails, accusant à tort et à travers sans jamais reconnaître ses erreurs, ou encore s'égarant dans un crescendo revendicatif, sans proposer aucune solution de rechange.

Bref, en chaussant les guêtres de Chef, Orca avait mis le feu aux poudres, et plusieurs, parmi le secrétariat et le service social, disjonctèrent.

Pour tout arranger, des dossiers sociaux commencèrent à disparaître pour ne reparaître que bien plus tard ; des documents, des biens personnels furent volés ; des inscriptions salaces concernant Orca apparurent sur les murs des toilettes. Comme toujours en pareil cas, la suspicion et la dénonciation fleurirent. La guerre des clans se déclara, les ragots fusèrent, et l'on ne perdit guère de temps pour accuser Roland d'être l'auteur de tous ces méfaits. Je note ici que cela ne l'empêcha pas d'assurer chaque semaine, sa permanence sans rendez-vous, celle que la profession baptise pompeusement « réception du flux incompressible ». À chaque fois, Roland devait subir les assauts plaintifs argumentés de pleurs, de cris et de gesticulations souvent violentes, de trente personnes en quatre heures : la cohorte des pauvres en colère. Ceux qui, sans vergogne, rejettent sur l'administration sociale la responsabilité de leur vie précaire, leur situation bancale et leur malheur existentiel. Tant d'existences constituées de maigres ressources, d'énormes dettes, de pauvres angoisses en cours, et surtout de gros poils dans la main. Malgré l'empathie de qui les accueille, nombreux sont ceux, parmi les plaignants, qui réussissaient à transformer, parfois, la qualité d'écoute de Roland en hostilité malveillante. Roland devenait alors fou de rage lorsque, malgré ses tentatives désespérées de dialogue, aucun d'entre ces pauvres diaboliques ne parvenait à comprendre qu'il y a, malheureusement, dans le monde, des grands et des petits, des gros et des maigres, des handicapés et des biens portants, des pauvres et des riches, et que, pour autant, il n'en était ni coupable ni responsable, et que s'il reconnaissait la modicité d'un revenu ou la tristesse d'une situation tragique, il n'y était strictement pour rien. Et il avait réellement mal au ventre, quand il devait se retenir d'ajouter à l'adresse des solliciteurs de nationalité étrangère, vindicatifs, qui ne se gênaient pas pour insulter la France — devoir de réserve oblige —, de s'estimer heureux de bénéficier d'un revenu minimum, d'une allocation logement et d'une protection sociale aux frais de la princesse, et ce à ne rien faire, alors que dans leur pays d'origine, ils n'auraient que leurs yeux pour pleurer, et leurs larmes à boire !

Mentionnons son attitude neutre vis-à-vis des étrangers en situation irrégulière, insatisfaits, en face desquels il gardait pour lui les expressions du style : « On ne te retient pas, repars chez toi si t'es pas content, de quoi te plains-tu, ici au moins tu peux te faire soigner à l'œil. » «Eh oui enfin ! Que les étrangers ne se plaignent pas de la France, qu'ils soient honnêtes envers eux-mêmes ! Notre système de protection sociale par répartition n'est pas extensible à la terre entière ! C'est comme ça ! Ah ! Qu'il est bon de penser qu'autrefois, les pauvres et les étrangers étaient humbles ! Ils sont maintenant arrogants, violents, provocateurs et méprisants ! »

Au fond, Roland ne supportait plus les pauvres. Comme il ne supportait plus le carcan des procédures administratives où l'humain est devenu depuis trop longtemps un simple numéro. Il estimait que l'on avait noyé l'être de sang et de chair comme on avait liquidé l'humanité sur l'autel paperassier, statistique et collectif, oubliant que derrière le chiffre ou le nombre, l'homme existe encore.

À force de médisances qui l'accusaient de toutes les saletés et de menaces qui devaient le mener tôt ou tard à l'échafaud du licenciement — même Orca lui avait dit que la direction l'avait à l'œil —, la coupe de Roland fut pleine à déborder. La campagne de diffamation qui le ciblait depuis un mois, l'avait incité à prendre directement rendez-vous avec Glassman. La plantureuse et tonitruante Glassman, à la voix grave, qui avait en charge plusieurs services, bref sa supérieure hiérarchique directe.

Le rendez-vous fut fixé à quatorze heures précises.

Alourdi par l'angoisse qui lui plombait les entrailles, il se retrouva dans le couloir qui faisait office de salle d'attente, à treize heures trente. Dans ce coin de bâtiment vieux de vingt ans, le sol plastique, noirâtre était émaillé de-ci, de-là, de brûlures de mégots de cigarettes écrasées.

Les bureaux aux cloisons fines laissaient transpirer les conversations des « huiles » qui travaillaient là. Mais la voix qui couvrait toutes les autres, était celle de Glassman au téléphone. Bougonne, coléreuse, son organe vocal provoquait la tempête dans le combiné qu'elle devait tenir à poigne vigoureuse.

Elle raccrocha à quatorze heures deux et reçut immédiatement Roland dans son bureau. Elle le fit asseoir sur l'une des chaises bleues de son mobilier très confortable puis observa Roland de ses yeux noirs d'une manière affable, un sourire bienveillant aux lèvres.

Ne lui laissant pas le temps de parler, Roland se mit à lui débiter son chapelet de réhabilitation.

— Voilà. Il y a longtemps que je désirais vous parler, mais, ma timidité aidant, j'ai continuellement trouvé prétexte à ne pas le faire. Cependant, les événements récents qui m'ont sali me motivent à vous entretenir de certaines choses. Si vous le voulez bien, je commencerai par le positif, et finirai par le négatif.

Elle secoua la tête. Il continua :

— En fonction depuis trois ans, j'ai récupéré non seulement le poste de madame Pichenette, mais j'ai également hérité un quart du poste de madame Clerc, dénommée la branleuse bouche d'or, ainsi que quelques rues disséminées. J'ai donc le coin le plus lourd du bureau, et qui plus est, les trois quarts des hôtels meublés de Marseille s'y trouvent. Et qui dit hôtel meublé, dit situations lourdes : alcoolisme, drogue, sida, enfants en dangers, précarité etc. J'ai ainsi sous ma responsabilité un secteur vaste en superficie, mais également pesant en charge de travail. Je reçois une trentaine de personnes par semaine, sur deux demi-journées de permanence, mais que je me vois obligé d'effectuer dix à vingt visites par semaine, sans compter la centaine de communications téléphoniques hebdomadaires. De plus, comptabilisant cent dix bénéficiaires du revenu minimum, cent deux d'entre eux sont sous contrat d'insertion. Certains disent que je ne fais que noircir du papier et pourtant, je peux vous l'assurer, j'exerce un véritable suivi de proximité, puisque je rencontre chacun des bénéficiaires, trois fois par trimestre, c'est-à-dire, à ma consultation, à domicile et sur leur lieu de stage. Comme vous voyez, je ne chôme pas. Et si je ratisse autant de contrats, c'est que je me conduis comme un véritable commercial, en incitant ma clientèle. Ce n'est pas plus compliqué. De plus, si je suis disponible vis-à-vis de ma clientèle, je le suis aussi pour le bureau, n'hésitant pas à rendre service : pour réparer la photocopieuse, le fax, l'ordinateur, déplacer un meuble etc.

Voilà ce qui concerne le positif, autant dire : ce qui m'avantage. Passons maintenant au négatif. Sur ce chapitre, j'aurai trois bévues à relever. La première est le doublon effectué pour la demande d'aide financière du cas Sarwel. Le second concerne le dépassement du plafond d'aide du dossier Mahmed. Pour les deux cas, j'ai été victime de la disparition des dossiers sociaux, ce qui ne m'a pas permis de porter l'évaluation exacte de la situation. Vous n'êtes pas sans connaître les nombreux problèmes des dossiers sociaux qui disparaissent ou reparaissent dans certains cas.

— Je ne comprends pas...

— Si je peux me permettre, je n'ai pas fini. Donc si je fais mon *mea culpa* pour ces dossiers sociaux qui ont dérapé, j'estime avoir eu des circonstances atténuantes. Je ne peux accepter que l'on dise que je signerais moi-même les documents que le client doit parapher. Je peux vous démontrer par A + B, que je n'ai jamais commis de faux en écritures. On a mal interprété une phrase que j'ai prononcée en réunion, à savoir que sous le stress, la précipitation et la pression, il nous arrive de signer à la place des gens après avoir rempli un dossier, comme si le document était nôtre alors qu'il nous faudrait recommencer *illico*, ce qui suppose une perte de temps et d'énergie énormes. C'est tout ce que j'ai dit, et ce que l'on a pu vous rapporter, a été sorti de son contexte.

Roland avait terminé ses arguments de défense et de mise en valeur. Glassman observa un temps de pause.

— J'ai écouté vos propos avec attention. Cependant, je n'ai jamais rien eu à vous reprocher. Si j'avais relevé le moindre problème, croyez-moi, je vous aurais convoqué sur-le-champ ! Vous me connaissez ! Et en ce qui concerne les deux problèmes administratifs que vous m'avez exposés, vous n'êtes pas le seul à connaître ce genre de bévues. Ce qui est normal lorsqu'on manipule près de mille dossiers par an. Quant à l'affaire des signatures, si j'y ai fait allusion lors d'une réunion, cela ne vous concernait pas. Je vous le répète : je n'ai absolument rien à vous reprocher.

Boum !

Roland resta bête. Il avait l'air malin avec sa défense, alors qu'il n'y avait jamais eu d'accusation !

— Eh bien soit ! J'ai préféré prendre les devants et faire cesser des rumeurs et surtout des menaces de sanctions que certains distillent avec malice.

— Je sais, je parviendrai peut-être un jour à adopter certaines dispositions.

— J'ai pris de votre temps mais je tenais à vous rencontrer. Je passe souvent pour un incapable, un insouciant ou un dilettante, et j'en avais assez ! Je travaille, du mieux que je peux et je tenais à vous le faire savoir...

— Message reçu.

Glassman le raccompagna à la porte. Elle lui serra la main avec vigueur et afficha un large sourire.

Qui jouait au faux cul ? Orca la truie ou Glassman la grosse voix ?

Le tour de piste allait commencer.

## TOUR DE PISTE, OU LA RÉVOCATION

Pour la troisième fois de la journée, Roland remontait la rue de l'Olivier. Les trottoirs étaient jonchés de crottes de chiens, nauséabondes, des flaques d'urines tapissaient le sol goudronneux, et dégoulinaient sur les murs. Roland cachait son anxiété en arpentant le bitume, en direction de la place Jean Jaurès. Celle-là même où les premières montgolfières avaient pris leur premier envol, un siècle auparavant. La montée était rude et Roland était essoufflé en arrivant tout en haut.

On lui avait vraiment joué un sale tour, et Glassman, sa supérieure hiérarchique avait, paraît-il, piqué une colère du tonnerre de dieux en pleine commission de l'enfance, qualifiant son rapport de faute professionnelle, le menaçant même de mise à pied et de révocation temporaire.

C'était une collègue de travail qui lui avait fait le compte-rendu de ce qui s'était dit, l'ayant elle-même entendu de la bouche d'une proche de Glassman. « Il risque gros », avait-elle répété plusieurs fois.

Glassman avait été si furieuse, et malgré le fait que Roland fût en congé maladie, elle avait insisté avec autorité pour avoir son numéro de téléphone et le convoquer séance tenante. La conseillère technique avait eu le courage de s'y opposer, et avait su temporiser avec succès. « On ne dérange pas quelqu'un qui est malade, il faut attendre son retour, il doit avoir ses raisons pour avoir produit un tel rapport » avait-elle rajouté.

On attendait donc le retour de Roland.

Étant donné son état, Roland n'était pas près de reprendre son boulot. De quoi angoisser et inquiéter sa femme, qui était alors à huit jours d'accoucher. Nous étions le lundi 30 juin et bien entendu, certains n'avaient pas manqué de railler sur la maladie soi-disant imaginaire de Roland : « À huit jours de l'accouchement de sa femme, vous n'allez pas me dire que ce n'est pas calculé ! » Les braves gens.

Et pourtant, il n'y avait pas de quoi en faire un drame. Roland avait tenté de s'autorassurer. Il ne s'agissait que d'un malentendu, un rapport écrit qui nécessitait un complément oral, c'est tout. Pas de quoi dramatiser. Il n'avait ni contaminé, ni tué personne, ni laissé quelqu'un en danger de mort. Ni responsable ni coupable ! Certes, il avait agi selon la méthode « laisser le temps au temps », celle qui a pour objet de ne rien précipiter, de ne rien brusquer. Il avait estimé qu'il n'y avait pas urgence à fournir un rapport tant qu'il n'avait pas été à même de vérifier certains de ses arguments. Et les arguments, il n'avait pu en avoir la véracité, qu'au bout de plusieurs mois d'investigations.

Bien entendu, Glassman aurait aimé un rapport circonstancié dès le début de ses doutes, il le savait, mais il n'avait jamais aimé ouvrir « le parapluie ». Il appréciait les choses claires et bien finies, préférant fournir ses constats et conclusions, à la toute fin d'une enquête minutieusement menée. Il avait pris un risque, il le savait, et il le payait aujourd'hui. Il aurait dû se douter que, tôt ou tard, un clash aurait lieu, entre lui le cérébral perfectionniste, et elle, la femme d'action anxieuse, comme on en trouve à la pelle dans l'administration des affaires sociales.

Mais au fait, qu'en était-il de cette affaire ?

Roland avait beau ressasser toute cette histoire, il n'avait rien à se reprocher, si ce n'est cette fâcheuse propension à « laisser du temps au temps », notamment celle de ne jamais travailler dans l'urgence, l'affolement ou la précipitation.

L'affaire était la suivante : il s'agissait du suivi social de Virginie Crochet, accueillie provisoire (ex-recueilli temporaire) de l'aide sociale à l'enfance.

Un dossier difficile, délicat et complexe.

Voici : placée depuis dix ans, à savoir une année après sa naissance, Virginie avait été confiée aux services sociaux départementaux, à la demande de sa mère, Catherine, âgée alors de quarante-cinq ans, et déjà mère de deux garçons.

Aucun des trois enfants n'avait été reconnu par son géniteur, dont personne ne connaissait l'identité.

Catherine, agrégée d'histoire avait, très tôt, connu des problèmes de drogue qui lui avait valu, d'une part à perdre son emploi dans l'Éducation nationale pour faute grave, et d'autre part, à se voir retirer ses deux garçons, qui avaient été placés. À l'époque, les deux enfants avaient respectivement treize et onze ans.

À partir de là, madame Crochet avait mené une vie décousue, connaissant quelques périodes d'emplois dans diverses écoles privées, ainsi que plusieurs séjours en hôpital psychiatrique.

Un jour, à quarante cinq ans, alors que ses deux garçons avaient dépassé la vingtaine d'années, elle accoucha d'une petite fille, qu'elle ne se sentit pas la force de garder et d'élever. Elle la confia aux services sociaux. Peu après, l'aîné avait été incarcéré pour trafic d'héroïne à la prison de Fresnes, et le cadet pour homicide involontaire, à la Maison d'arrêt de Bordeaux. Catherine était, à ce moment-là, au chômage non indemnisé, vivait du Revenu Minimum d'Insertion et d'une allocation logement qui ne couvrait que la moitié du loyer, au demeurant, exorbitant.

On était devant une situation sociale désastreuse, dispersée, décousue, chaotique, tout comme le discours de madame Crochet qui ne pouvait s'exprimer sans jurer à tous les débuts et fins de phrase pour désigner telle ou telle chose, tel ou tel événement, si bien qu'il devenait difficile de savoir de quoi elle parlait, et où elle voulait en venir.

Si les six premières années de placement sur Marseille n'avaient présenté aucune difficulté pour la petite Virginie, choyée par son assistante maternelle qui répondait au nom chevaleresque d'Isabelle De Valois, l'affaire se mit ensuite à se compliquer singulièrement : une mutation de son mari militaire, et Isabelle de Valois se vit dans l'obligation de le suivre à Brest.

Tout ce que pouvait compter le service social et médical en personnel fut sur le pied de guerre, et tous, inspecteurs, responsables sociaux, médecins, psychologues, puéricultrices, assistantes sociales, éducateurs, tentèrent de savoir si Virginie devait oui ou non, suivre sa gardienne en Bretagne.

Un mois fut nécessaire pour trancher la question, et Virginie partit aussi pour Brest, étant entendu que la mère se rendrait auprès de sa fille — ou l'inverse — une à deux fois par an au moins, aux frais du service social.

Virginie à Brest, Charles Auguste à Fresnes, et Pierre-Henri à Bordeaux, madame Crochet se retrouvait bien seule à Marseille !

C'est à cet endroit que Roland fut chargé d'une double mission socio-éducative, l'une auprès de la mère à quelques centaines de mètres de son bureau, l'autre auprès de Virginie à plus de mille kilomètres de là. Le bonheur !

Si, au cours de la première année scolaire, madame Crochet était montée à Brest pour séjourner quelques jours auprès de sa fille, à l'occasion de Noël, des vacances de février et de Pâques, la deuxième année fut plutôt désastreuse et nébuleuse.

Madame Cochet n'étant plus revenue à Brest, il fut admis, en septembre, que la gamine avait séjourné quinze jours dans la cité phocéenne. Roland, qui était en congé, n'avait pu le vérifier, mais s'était fait confirmer ce séjour par la mère et la gardienne. Même les services sociaux de Brest l'avaient assuré de la venue de Virginie à Marseille. Le clou de l'histoire avait été une lettre de Charles Auguste qui s'était réjoui d'avoir pu faire la connaissance de sa petite sœur.

Hallucinations verbales ? Vertiges ? Projections ? Confusion mentale ? Malentendu ? Quiproquos ? Mensonges ? Coup monté ?

Roland n'avait jamais su. Cela étant, il n'apprit qu'en février de l'année suivante, au détour d'une conversation téléphonique avec Madame De Valois, que Virginie n'avait jamais mis les pieds à Marseille. Patatras ! Madame de Valois s'était-elle trahie après avoir couvert madame Crochet ? Avait-il mal compris ? Avait-il disjoncté pendant tout l'hiver pour ne pas avoir compris plus tôt ? Que faire ? Avertir l'inspecteur ? Non. Pas pour l'instant, s'était-il dit ; il valait mieux vérifier et en parler d'abord avec la mère.

Malheureusement, Roland ne put rencontrer la mère qu'au bout de deux mois de recherches, en avril. Elle n'avait jamais répondu à ses convocations, le téléphone avait sonné indéfiniment en vain, et il ne l'avait jamais trouvée à son domicile.

Là, tout alla très vite. Madame Crochet, à travers son discours sempiternellement incohérent et vulgaire, lui confia son mensonge et la mise en scène avec la lettre de son fils. Madame De Valois, à mots couverts, avoua avoir protégé la mère.

De leur côté, les services sociaux de Brest, assistantes sociales, éducateurs et psychologues revinrent sur ce qu'ils avaient pu dire : ils avaient cru, eux aussi, au séjour de Virginie à Marseille. Pour la vingtième fois au moins, Roland leur réclama des rapports écrits de leurs suivis respectifs ; il ne les reçut jamais.

Une fois toutes les informations recueillies, vérifiées et confrontées, Roland rédigea son rapport et projeta d'en parler dès que possible, soit à sa conseillère technique, soit à son inspecteur.

Soudain, l'horreur ! À la mi-avril, les difficultés respiratoires de Roland s'accrurent, affaiblissant son ouïe, sa souplesse mentale, sa résistance : il oublia de faire le nécessaire.

Il ne s'en rappela que fin juin, et alors qu'il avait l'intention d'en référer en Commission, Roland fut mis en arrêt maladie par un médecin proche de son domicile. Les symptômes s'étaient aggravés. Il ne pouvait plus du tout respirer par le nez, s'étouffait en permanence par les bronches, au point de l'empêcher de marcher plus de dix minutes sans défaillir. Ses pensées se brouillaient par manque d'oxygénation générale. Un syndrome dépressif s'était également manifesté, par des pleurs incessants. Huit mois de difficultés respiratoires, suivis de deux mois d'asthme intriqué avec rhinite obstructive, l'avaient achevé. Et pourtant, cela n'avait pas été sans avoir essayé les traitements les plus forts, et apparemment les mieux adaptés. Roland avait collectionné toutes les formes ingérables de Ventoline, antihistaminiques, antibiotiques et corticoïdes. Rien ne semblait le soulager.

C'est ce même trente juin, qu'eut lieu cette fameuse commission de l'enfance où Glassman s'était mise en colère, sortant de son devoir de réserve, ce qui fait désordre, notamment lorsqu'il provient d'un supérieur hiérarchique. Colère, et menaces de sanctions disciplinaires avaient été rapportées le soir même à Roland.

Sa femme et lui n'en dormirent pas de la nuit. Leur sommeil avait été entrecoupé de cauchemars, de cris de terreurs, de sueurs incessantes et d'hypothermie. Ils transpirèrent tellement, qu'au réveil, le lit était trempé. Ils avaient, chacun, perdu un kilo.

Réveillé à cinq heures du matin par une angoisse chevillée à ses bronches obstruées, la journée, pour Roland, promettait d'être rude.

Épuisé, ses difficultés à respirer se compliquèrent. Pour se soulager, il appela sa conseillère technique, la fameuse Orca, pour s'expliquer.

Elle était occupée ; il laissa un message et son numéro

de téléphone. Puis, il se précipita chez son médecin généraliste, chercher secours.

Ce dernier le morigéna une nouvelle fois, lui rappela qu'il lui avait donné toute la thérapeutique existante, et que si son état ne s'améliorait pas, c'était parce que sa femme était enceinte et que cet événement à venir l'angoissait ( !), les symptômes allergiques n'étant que des révélateurs de problèmes psychiques. N'oubliant pas d'ajouter que, même si l'on parvenait à isoler la cause allergène, la désensibilisation ne servirait à rien. Pour appuyer ses dires, il agita la lettre d'un oto-rhino-laryngologiste chez qui il l'avait envoyé et qui soulignait le terrain hypotonique de Roland. Ce qui voulait tout dire. On mettait encore une fois sur la sellette le profil psychologique de Roland pour expliquer et soigner des désordres physiologiques !

Roland se mit à vociférer. Il ne comprenait rien, traita son médecin de « toubib pour chèvres » et s'enfuit, non sans avoir bousculé quelque mobilier.

Il accourut chez moi, et insista pour me voir. La secrétaire le pria de patienter dans la salle d'attente, et dès que je sortis de mon bureau et que je vis sa mine pâle et ravagée, je le pris, immédiatement, entre deux clients.

Réaction allergique phénoménale : le diagnostic était simple. Je lui ordonnai aussitôt une radiographie des sinus. Celle-ci concluait à une hypotrophie des muqueuses au niveau des sinus ethmoïdaux. Je remis deux lettres à Roland et l'adressai à deux de mes collègues, l'un oto-rhino-laryngologiste et l'autre pneumo-allergologue.

Rendez-vous furent pris trois jours plus tard, avec les deux praticiens.

À son retour, Tania rapporta à son mari que sa chef l'avait appelé. Elle lui avait trouvé une voix douce et gentille, ce qui rassura bêtement Roland et l'encouragea à l'appeler séance tenante.

Sa chef fut des plus agréables, et tenta de le tranquilliser. Elle lui dit que Glassman les avait eues à l'envers ce jour-là, et qu'il ne fallait pas s'affoler. Elle estimait qu'il n'avait commis aucune faute professionnelle, qu'il fallait relativiser et que de toute manière, la priorité était celle de se soigner et d'attendre la venue du bébé dans les meilleures conditions possibles.

Bref, elle semblait le couvrir, le ménager et l'aider.

Il n'aurait jamais cru cela possible de sa part, elle d'ordinaire tranchante et arrogante. Comme quoi, elle gagnait à être connue ! C'était une femme loyale. Il ne pouvait qu'apprécier, regrettant dans son for intérieur de l'avoir raillée si injustement. Ses maladresses ne témoignaient-elles pas après tout d'une profonde angoisse ?

## L'ACCOUCHEMENT ET LES APPELS ANONYMES

Si l'entretien avec la conseillère technique l'avait rassuré et soulagé, Roland éprouvait une anxiété qui allait crescendo, le contraignait à gamberger. Au fur et à mesure de sa réflexion, il lui arrivait même de s'auto-accuser d'un véritable manquement à ses devoirs. Il avait toujours été comme ça. Il avait beau faire, il était émotif, sensible et vulnérable à l'excès lorsque sa santé chutait, si bien qu'il finissait par admettre ce dont on l'accusait.

Et ce qui suivit ne put que compliquer les choses.

Ce mardi 1er juillet, il s'était accordé une longue sieste de quatorze à dix-huit heures, une pause lecture de dix minutes et un quart d'heure pour manger, avant de se recoucher, vers les vingt heures.

À vingt-deux heures, le téléphone s'était mis à sonner. Une voix de femme, à peine maquillée, lui avait crié avant de raccrocher : « Glassman aura ta peau. »

Ébranlé, il ne voulut point pour autant s'alarmer, se suggéra une hallucination auditive consécutive à son état de santé délabré. Il ne voulut même pas en parler à sa femme, prétextant une erreur...

À deux heures du matin, le téléphone avait de nouveau hurlé et là, la même voix féminine lui avait dit la même chose avant de raccrocher : « Glassman aura ta peau. »

Il s'était mis à chialer, ce qui avait réveillé sa femme, à qui il dut, une fois les pleurs passés, expliquer ce qui se passait.

Sa femme, déjà éreintée par la délivrance qui s'annonçait pour les prochains jours, prit peur. Roland avait alors tenté de la rassurer et de la consoler, ce qui eut pour seul effet d'accentuer son inquiétude.

De ce mardi 1er juillet au lundi 6 juillet, les appels anonymes se succédèrent à un rythme régulier, ponctuellement à 22 heures, 2 heures et quelquefois même à 17 heures.

Durant cette semaine son rythme de vie fut le suivant : levé à 10 heures, lecture jusqu'à midi, repas, suivi d'une sieste jusqu'à dix-sept heures, relecture, dîner et coucher à 21 heures.

Il dormait donc au total, dix-sept heures par jour, réveillé à trois reprises par des appels menaçants et inquiétants.

Cependant, ces jours noirs furent marqués par un évènement positif majeur : la confirmation du diagnostic posé, et l'amorce d'un traitement efficace.

L'oto-rhino proposa une cautérisation des cornets, dans le but de dégager une partie des sinus, l'autre partie devant faire l'objet d'une intervention chirurgicale, fixée pour l'automne, et qui aurait pour finalité, non seulement de remettre la cloison en place — un coude cartilagineux empêchait l'air de passer correctement —, mais aussi de réséquer les excroissances des muqueuses.

D'origine allergique, ces excroissances ne devaient plus revenir. Compte tenu de l'ampleur du tableau, mon collègue pneumologue lui confia qu'il serait nécessaire d'identifier les causes de l'allergie, mais pour ce faire, il fallait attendre septembre et l'interruption du traitement pendant au moins une quinzaine de jours. D'accord pour la cautérisation des cornets, en revanche, je n'étais pas favorable à l'intervention.

Le lendemain, en état de dépression respiratoire sévère, Roland se leva difficilement vers huit heures. Il était nerveux et se mouvait dans des gestes désordonnés.

Il se rappellerait toujours ce matin-là. Les muscles du poitrail tétanisés, les bronches comprimées, la gorge nouée, la trachée irritée et le nez obstrué par des excroissances de muqueuses qu'on lui promettait de brûler, il ne put que constater son lever précoce. Levé à sept heures, il n'avait rendez-vous qu'à dix heures. Douché et habillé à la hâte, il prit la décision d'aller chercher brioches et croissants. On lui avait conseillé de bien s'alimenter avant l'intervention.

En état de pilotage automatique, il descendit la rue de l'Olivier. Les trottoirs étaient propres et humides. Le cantonnier, ou tout au moins, l'entreprise prestataire venait juste de passer. Même le conteneur, à l'angle du boulevard Eugène Pierre, chargé de récupérer les bouteilles de verre au profit de la *Ligue contre le Cancer*, avait été nettoyé. Après voir raflé deux fougasses au sucre et deux croissants au jambon, Roland remonta à la maison en grignotant, mais son nez étant bouché, il n'y parvint pas, la bouche pleine obstruant toute possibilité de faire passer l'air nécessaire à la marche, bref il s'étouffait.

Contrarié, il renonça, monta lentement les marches jusqu'à son logis où il rédigea un petit mot doux à sa femme, posa les brioches dans le petit paquet blanc tâché de graisse, et se précipita clinique Vert Coteau.

La circulation était fluide et il se retrouva à la clinique en moins d'un quart d'heure.

Une cautérisation des cornets, à la manière traditionnelle, c'est-à-dire « le fer à souder », ressemble à un match de boxe. On en ressort sonné, avec une envie de dormir pendant toute une journée.

Un week-end des plus apaisants s'offrit à lui, découvrant comme un nouveau-né, ce que respirer par le nez voulait dire.

Enfin, ses muqueuses revenaient à la vie et malgré quelques désagréments — une narine se bouchait tandis que l'autre se débouchait, ou inversement —, un filet d'air passait dans ses sinus, et il trouva cela for-mi-da-ble.

Aucun coup de fil anonyme ne se manifesta ces deux jours-là. L'anonyme, respecterait-il (elle) le samedi -dimanche ? Pourquoi pas ? Mais le seul fait de respirer à peu près convenablement (il faudrait y revenir, lui avait dit l'oto-rhino) fit oublier à Roland le harcèlement vicelard dont il avait été, jusqu'alors, l'objet.

C'est un être apaisé qui s'endormit ce dimanche 5 juillet, l'état asthmatique semblant amorcer une retraite.

Alors qu'il se promenait dans des montagnes vertes et blanches baignées d'air pur, il fut réveillé par sa femme, vers les quatre heures du matin.

« Je crois que c'est le moment, lui avait-elle dit, les contractions se rapprochent. »

À sa grande surprise, Roland demeura calme et serein. Ils se levèrent, et après avoir pris une douche rapide, il aida sa femme à se préparer, s'harnachant de tout le nécessaire prévu pour la naissance d'un bébé.

Ils arrivèrent à l'entrée de l'hôpital vers la demie. La nuit était noire. Tout semblait dormir là-dedans et pourtant, la sage-femme qui les accueillit avait les yeux grands ouverts et le geste assuré. Elle fit immédiatement allonger la future maman, et la mit sans tarder sous moniteur.

Les contractions durèrent jusqu'à huit heures, puis cessèrent leur danse. Fausse alerte. Et pourtant, nous étions le jour du terme. La sage-femme décida de garder Tania en l'admettant dans une chambre dite d'attente.

Roland en profita pour rentrer chez lui se reposer un peu, et revint à l'hôpital vers midi.

Tania souffrait du dos et lui avait dit :

— C'est atroce ! Je vais accoucher par les reins, comme ma mère ! Je préfère rester seule, je n'ai pas besoin de toi. Va faire un tour. Reviens vers cinq heures, ce n'est pas pour maintenant...

— Je vais en profiter pour revoir le toubib, histoire de vérifier si la cautérisation cicatrise convenablement.

Le toubib en question, c'était moi.

J'accueillis Roland avec joie, constatai une petite amélioration de son état. Après lui avoir prescrit un nouvel antihistaminique et antiasthmatique, je lui conseillai de continuer la Ventoline et le corticoïde local.

Mais je commis une erreur, en oubliant de lui dire que ces deux médicaments pouvaient l'assommer. Ce qui eut de fâcheuses conséquences.

Comme convenu, il revint à l'hôpital vers cinq heures, resta auprès de sa femme jusqu'à sept avant de retourner chez lui se restaurer.

— L'accouchement se fera demain, lui avait assuré Tania.

Cependant, pris d'une intuition soudaine, survenue au cours d'une discussion téléphonique avec sa belle-mère, il se précipita vers la maternité.

— Votre femme est en salle de travail, l'accouchement va commencer, s'entendit-il dire par une sage-femme stagiaire de type asiatique, si vous voulez rentrer, veuillez je vous prie, revêtir une blouse et des chaussons.

Tania l'accueillit avec un sourire reposé qu'il ne lui connaissait pas, mais dont il eut immédiatement l'explication : bombe $CO^2$ à ses côtés, et masque à la main.

— Voilà, mon chéri, c'est pour bientôt... Mais je préfère que tu n'y assistes pas... On m'a dit qu'il y aurait beaucoup de monde, sage-femme, anesthésiste, puéricultrice avec leurs stagiaires respectifs... Ils seront six ! ... Et puis, je ne veux pas que tu me regardes souffrir, j'ai peur que ça te traumatise... Je connais une copine que son mari n'a plus touchée pendant un an, alors...

Alors, après avoir embrassé sa femme, Roland sortit du bloc et croisa la sage-femme stagiaire et asiatique, qui l'avait précédemment accueilli, accompagnée d'un homme, qu'il avait supposé être l'anesthésiste.

Dans une salle de repos il s'allongea sur un transat mauve. Roland s'endormit comme une masse. À vingt-deux heures, la stagiaire était venue le réveiller pour lui demander s'il voulait assister à l'accouchement. Roland lui répondit que non. À vingt-trois heures, la sage-femme réitéra son offre, argumenta « qu'il était dommage qu'un nouveau père n'assiste pas à l'accouchement de son enfant », et gentiment, Roland précisa qu'il ne préférait pas.

À minuit, l'Asiatique revint, haussant le ton, elle lui lança « qu'il était du devoir d'un père, d'assister... » Encore une fois, assommé de sommeil, Roland répondit calmement : « Non, merci, je n'y tiens pas, et mon épouse non plus. Nous savons ce que nous faisons... »

À deux heures trente, Roland était extirpé de sa torpeur par la même fille :

— Réveillez-vous monsieur, votre femme a accouché d'une jolie petite fille de 2 kg 640, il était 2 heures 10 pour être précis. Vous auriez dû y assister, tout s'est très bien passé !

À peine sorti d'une apathie qui lui donnait un mauvais goût dans l'arrière-gorge, Roland mit blouse et chaussons avec une très grande difficulté. Deux puéricultrices s'occupaient de deux nouveau-nés, un garçon et une fille. Comme ça, pas d'erreur possible : il ne pourrait y avoir substitution de bébés.

— Voilà votre fille, monsieur.

Un bébé tout nu, maculé de sang et de viscosités blanchâtres, s'agita devant lui, et Roland, toujours abruti, lui jeta un coup d'œil indifférent. Il n'aurait jamais dû prendre cet anti-allergique. Il avait tout d'un moribond, surtout face à ce nouveau-né qui venait prendre sa place sur la terre.

Les deux femmes le scrutèrent méchamment.

Une colère s'empara de Roland, toute dirigée contre lui. Il se haïssait. Même le jour de la naissance de sa fille, il n'était pas à la hauteur de l'événement ! Il ne l'avait jamais été, se disait-il. Comme son père, à son heure, lorsqu'il avait refusé d'accompagner sa femme, prétextant un mal de tête. Comme quoi...

Sa femme semblait radieuse. À ses côtés, dans un berceau de plastique transparent l'enfant reposait. Enfin, Roland éprouvait de la joie. Il avait tellement eu peur de l'indifférence de tout à l'heure !

Après être resté une bonne demi-heure en compagnie de sa femme et de sa fille, il promit à sa femme de lui ramener des brioches au sucre. Il était cinq heures.

Une fois arrivé à son domicile, Roland s'allongea sur le canapé pour jouir de sa joie... et s'endormit. Il se réveilla à sept heures trente, d'un bond, pour téléphoner à ses beaux-parents, et se recoucha.

À neuf heures, il fut réveillé par plusieurs sonneries de téléphone. C'était sa mère qui venait aux nouvelles. Il fit un rapport succinct et se replongea dans les draps.

À dix heures, au téléphone ce fut Mireille, une collègue de travail, fourbe, intrigante, lèche-bottes et intrigante. Une Montespan, que Roland supposait être à l'origine des visites nocturnes dans les bureaux, escapades au cours desquelles on constatait la disparition de certains dossiers et objets personnels. Tout cela reparaissait, à chaque fois, quelque temps après. Cette affaire existait depuis toujours, mais elle avait pris une ampleur inquiétante ces derniers mois, depuis que les larcins s'étaient multipliés.

Mireille, la cinquantaine bourgeoise, l'appelait ce matin-là, pour lui parler de l'un de ses clients qu'elle avait eu loisir de recevoir, lui demandant ce qu'il avait fait pour lui jusqu'alors. Elle prétendit l'aider et l'avancer dans son travail. Fou de rage, Roland lui répondit que ce n'était vraiment pas le moment, qu'il était malade, qu'il n'avait pas dormi de la nuit parce que sa fille était née, et que de toute manière, il n'en avait plus rien à foutre du boulot !

Roland soupçonnait Mireille de jouir d'une double personnalité, l'une ignorant l'autre, et vice-versa. Et même si sa santé mentale était saine, Roland la suspectait, surtout en ce qui concernait les vols de nuit, de payer quelqu'un pour agir à sa place. Cette femme n'avait pas de limites dans l'escalade de la manigance et de la folie.

Du 7 juillet au 13 juillet, les journées de Roland furent très occupées : assommé par son traitement, il dormait de neuf heures du soir à dix heures du matin, réveillé deux fois dans la nuit, à vingt-deux heures et deux heures, par la même voix féminine qui lui lançait : « Glassman aura ta peau ! » L'appel de dix-sept heures semblait disparaître.

Ses journées se déroulaient ainsi : un brin de toilette, de ménage et de rangement, déjeuner sur le pouce — il n'avait jamais su cuisiner — avant de filer à la maternité, où il restait jusqu'à cinq heures, voire sept heures du soir.

Il retrouvait là-bas, parents, beaux-parents, belle grand-mère, amies, amis, venus voir la huitième merveille du monde.

On avait d'ailleurs concocté un faire-part dans ce sens, qu'une photo en couleur du bébé illustrait :

« Après les Pyramides d'Égypte, les Jardins suspendus de Babylone, le Temple de Diane à Ephèse, la Statue de Zeus, le Mausolée d'Halicarnasse, le Colosse de Rhodes, le Phare d'Alexandrie... la huitième merveille du Monde est enfin dévoilée : Isabelle... découverte le 7 juillet dans la cité phocéenne et, visible au Musée de l'Art, rue de l'Olivier. Ce chef-d'œuvre unique par ses proportions (2 kg 640 ; 49 cm) inaugure en cette fin de XXe siècle, une ère nouvelle où la finesse, la beauté... etc. »

Ce texte ne manqua pas de lancer une polémique concernant les merveilles du monde, certains dictionnaires en citant certaines que d'autres ne mentionnaient pas.

Puis, après les photos, les gâteaux, les cadeaux et les recommandations de son épouse, Roland rentrait, grignotait et se couchait, épuisé. Il ne respirait vraiment pas bien. Son nez se bouchait encore, et ses bronches ne se dilataient plus.

Il avait passé une semaine des plus pénibles. Jamais encore il n'avait pris un traitement aussi inefficace et aux effets secondaires si néfastes. À chaque seconde il lui fallait lutter pour ne pas sombrer.

Non seulement il avait toujours envie de dormir, mais à demi conscient il déprimait, souffrait de vertiges, et s'interrogeait parfois pour savoir dans quelle réalité il se trouvait. Sa femme avait-elle véritablement accouché d'une petite fille ? N'avait-il pas rêvé ? Le doute fut levé le jour où il fallut aller chercher femme, enfant et barda à la maternité.

En revenant chez eux, Tania fut surprise de la grandeur de l'espace, de la luminosité du mobilier et de la variété chamarrée des couleurs choisies. C'était vrai : non seulement leur logis était vaste, mais il était rehaussé d'ornements aux couleurs éclatantes, voire orientales, qu'un jardin, en contrebas, éclairait. Dans ce jardin on trouvait platanes, troènes, oliviers et palmiers. Tout ce à quoi, Roland était devenu allergique. Mais cela, il ne le savait pas encore.

## PRINCIPE DE PLAISIR, PRINCIPE DE RÉALITÉ

« Ma vie est minable. Si j'étais richissime, je m'offrirais une immense propriété, des domestiques pour tout. Je m'entourerais des meilleurs livres, vidéos et DVD à n'en plus finir, et de temps à autre, selon mon désir, je paierais une femme ou des femmes, que je défoncerais jusqu'à plus sève, dans des draps soyeux ou sur la rambarde d'un balcon. Je peux me passer de l'amour pendant plusieurs semaines, mais quand le désir me vient je peux forniquer sans fin.

Il m'arrive fréquemment de ne ressentir ni plaisir, ni désir pendant des jours, plusieurs semaines, voire plusieurs mois. Et en fin de course, je craque dans des crises de pleurs interminables.

Je n'ai pas le sens de la mesure.

Je voudrais revenir en arrière pour refaire ma vie. J'ai souvent eu le choix entre dix huit et vingt-cinq ans, mais j'ai toujours très mal choisi. J'ai musardé pendant trois ans après le bac, alors que j'avais été admis à suivre la formation menant au Brevet de technicien commercial supérieur. J'ai moisi pendant trois années encore à l'école de service social, et je souffre toujours d'une frustration sociale non assouvie. J'ai soif d'ascension sociale.

J'ai voulu être tant de choses dans ma vie, que je ne suis rien. Je ne suis même pas devenu l'écrivain que j'avais rêvé d'être, en ultime recours de réussite. Ma tendance au rêve, et la maladie, toujours tenace en moi depuis mon plus jeune âge, ne m'ont jamais laissé de temps pour l'étude ou l'écriture. De plus, je suis épuisé avant même d'avoir commencé à écrire. Le comble pour un écrivain ! Il me faudrait enregistrer en prise directe sur mon cerveau, et concocter une machine qui fasse le tri.

Il y a des jours — pour ne pas dire tous les jours —, où je m'imagine être l'héritier d'une grande fortune familiale. Ce rêve éveillé, qui défile en moi depuis que je suis tout petit — est-ce pour cela qu'on a toujours cru que j'étais fils unique ? —, me force à bluffer, à me mentir et à jouer la comédie. Mes songes meublent ma vie en imaginant des lendemains riches et soyeux, où je pourrais fumer des cigares dans des hôtels Pullman, jouer au golf avec le Prince Charles et m'envoler, selon mon bon plaisir, vers Rio, Tokyo ou Sydney, avec la plus pulpeuse des créatures.

Demain vous verrez, je trouverai le moyen de falsifier mes papiers d'identité, et de me fabriquer de faux diplômes dûment estampillés et enregistrés dans les fichiers informatiques des universités. Ainsi, pourrai-je m'enorgueillir des titres suivants :

Roland Danton, Psychiatre.
Roland Danton, Avocat à la Cour.
Roland Danton, Diplômé de l'E.N.A., Inspecteur des Finances.
Roland Danton, Docteur ès Lettres, écrivain.
Roland Danton, Diplômé de H.E.C., producteur de disques.
Roland Danton, Docteur en Médecine.
Roland Danton, Docteur en philosophie, éditeur.
Roland Danton, diplômé de Harvard.

Mais voilà, je ne suis qu'un assistant social, ce métier de femmes.

Je ne suis rien.

Je ne suis même pas capable de devenir un voyou ou un mafieux : trafics en tout genre, débits de boissons, blanchisseries, machines à sous, Mercedes blanches, villas bleues, piscines roses, femmes sur le trottoir et entretenues. Rien. Je l'ai déjà dit, je ne suis rien, et je n'arriverai jamais à rien.

Pourtant, je me verrais bien fabriquer de faux diplômes et pénétrer les fichiers informatiques pour authentifier mes falsifications. Je me vois bien aussi m'immiscer dans les registres du Comité Médical de Marseille, celui, précisément qui m'a refusé un congé de longue maladie et n'a pas reconnu mon affection.

Ainsi, je me vengerais de l'injustice faite. Je récupérerais le demi salaire perdu pendant mes douze mois d'enfer, et je réparerais l'affront subi. Je ne veux pas voler. Je veux simplement obtenir justice et réparation.

Je ne suis pas un voleur.

Je suis un faussaire.

Un faussaire vengeur. »

Toutes ces impressions, Roland me les avait confiées entre deux crises. Je le recevais à chaque fois, sans sourciller. Désormais, des ennuis professionnels le torturaient. À tout dire, ce n'était pas la première fois ...

En fait, il avait connu des avatars, dès la classe de sixième, au lycée Victor Hugo de Marseille.

D'emblée, il s'était senti visé et persécuté par des professeurs à la morgue vivace, et à cause de leur manque de pédagogie et de psychologie, face à l'enfant timide qu'il était, il avait effectué une scolarité mouvementée. Après une sixième et une cinquième désastreuses, pendant lesquelles il avait été l'objet de violences physiques de la part de plusieurs garçons de sa classe, on l'avait orienté vers un collège d'enseignement secondaire réputé pour ses sorties agrémentées de bagarre sanglantes. Pour ces raisons, ses parents préférèrent l'inscrire au Collège d'enseignement général du boulevard des Dames.

On dit « qu'au royaume des aveugles, les borgnes sont rois ». Ce fut un peu le cas pour Roland, dans ce collège de bas étage fabriqué pour les cancres.

À l'époque, les lycées accueillaient les bons élèves ; les collèges d'enseignement secondaire, les moyens ; et les C.E.G., les médiocres.

Il effectua une quatrième éblouissante, jouissant de la place du major parmi les bonnets d'âne. Une priorité dont il se lassa en troisième. Bien que reçu au Brevet élémentaire — au rattrapage —, le dernier conseil de classe lui proposa le redoublement ou... la vie «active ». Mais quelle vie *active* peut-on offrir à un gamin de quinze ans ? J'ai toujours supposé que l'auteur de cette idée absurde ne pouvait être que son professeur d'histoire et géographie, un petit homme, barbu, costaud et caustique. Un communiste cégétiste doublé d'un esprit primaire, qui associait fils de militaire et fils de fasciste — on n'était, à l'époque, pas loin des coups d'états militaires qui avaient secoué l'Amérique du Sud, et en particulier l'Argentine et le Chili. Et comme Roland était fils d'officier supérieur, il en prenait chaque fois pour son grade.

C'est certainement la raison pour laquelle Roland a toujours eu une sainte horreur des professeurs communistes donneurs de leçons, qu'il associa très vite à des coupeurs de têtes qui refusent d'admettre que certains puissent penser différemment, alors qu'ils détiennent l'Unique vérité.

Déroutés mais tenaces, ses parents avaient eu le réflexe de l'inscrire en institution religieuse privée, conventionnée.

Après un trimestre excellent où il se classa troisième — les Dominicains affectionnaient à cette époque l'ordre et le classement —, il dégringola ensuite à la douzième, puis à la quinzième place aux trimestres suivants, décrochant cependant, à l'arrachée, son passage en première.

En première, il se mit à rêvasser plus de coutume, et à chauffer l'avant-dernière place pour chatouiller la muse. Ce délicat plaisir le promit au redoublement. Pourtant, brillant en français et histoire-géographie, il frôlait la moyenne en langues vivantes, ce qui aurait pu paraître honnête pour une section littéraire. Eh bien non ! La direction, le bien nommé *Collège des professeurs* pour être précis, ne retint que sa nullité en mathématiques et en physique-chimie. Physique-chimie que la filière littéraire n'avait pas au programme du baccalauréat !

Il repiqua alors sa première, où il devint le zéro pointé dans toutes les disciplines, même celles où il redonnait ses meilleurs devoirs de l'année précédente. Préférant s'associer avec plus malin que lui, il s'en alla chaparder disques et livres dans les magasins du centre-ville. Cette activité lui apporta renommée et célébrité dans tout le collège, au sein duquel, lui et son collègue associé redistribuaient gratuitement les fruits de leurs menus larcins. Après une réunion du conseil de discipline, on le mit à la porte, séance tenante.

Tous les collèges privés lui fermèrent leur porte. Seul le Père Directeur d'un collège, à Sainte-Marthe, se laissa convaincre par ce jeune homme de dix-huit ans qui lui avait mis un marché en main : « Si je n'obtiens pas la moyenne générale à la fin du premier trimestre, je quitterai définitivement les bancs du savoir. Père, je vous le demande, laissez-moi ma chance ! »

Le père directeur, le père Passeront, si mes souvenirs sont bons, lui donna cette chance.

Travaillant d'arrache-pied, tous les soirs de la semaine sans exception, Roland se domestiqua à reprendre les bases de chacune des matières, remontant parfois aux programmes de la sixième. Sombres heures, qui lui permirent toutefois de caracoler à la seconde place à la fin du premier trimestre. Son contrat était honoré.

Cravachant jusqu'aux épreuves, il décrocha son baccalauréat au rattrapage, avec la mention passable.

Cet effort le laissa sans énergie pendant trois années. La première fut consacrée à des études d'histoire-géographie, avortées dès la fin du premier trimestre. Le reste, n'avait été que sexe et loisirs éphémères.

Les deux autres années furent consacrées à la recherche d'une orientation éventuelle, et à la passation de concours administratifs. Trois jours par semaine, il se consacrait à la surveillance d'externat. Quatre mois dans le privé, suivis de dix-huit mois dans le public.

Puis l'inspection d'Académie était venue le chercher à domicile — il est vrai qu'il résidait alors à deux cents mètres de ses bureaux —, pour qu'il prenne ses fonctions dans l'heure qui suivait, au collège de la *Belle de Mai*.

Le jour où il dut démissionner, à regret, de son poste de pion, il le fit pour rentrer à l'École de Service Social. Après avoir réussi le concours d'entrée, bien entendu.

On était en septembre. Avec derrière lui, trente-six mois d'activité salariée, il avait tenté d'obtenir une rémunération, égale aux trois quarts du S.M.I.C., dans le cadre de la promotion sociale.

Il avait, en conséquence, mené les démarches nécessaires auprès du Conseil Régional Provence Alpes et Côte d'Azur, via la Direction Départementale du Travail.

Un financement lui fut refusé. La D.D.T.E. estima qu'il ne justifiait en fait que de 34 mois. En effet, on ne pouvait cumuler deux mois de salaires durant des congés d'été de l'Éducation Nationale et deux mois de colonies de vacances. La règle voulait qu'on ne prît en compte que les douze mois d'une année, et ce, même si on cotisait pour quatorze. Voilà une réponse que Roland trouva logique dans un sens, mais également absurde.

Cette épopée administrative constitua son deuxième avatar. Son premier emploi en qualité d'assistant social, constitua son troisième avatar, tout frais émoulu de l'école, diplôme d'État en main.

Il avait alors trouvé — un 1er août —, à se faire engager par un Bureau d'Aide Sociale Municipal, et là on lui fit la proposition de deux profils de poste : l'un de service social classique, l'autre innovant, qualifié d'assistant d'informations sociales, et qui consistait à recueillir et à répertorier sur fichier informatique, toutes les informations sociales, possibles et imaginables.

Attiré par les techniques nouvelles, et surtout avide de renouveau, Roland avait opté pour la seconde formule. Ce choix, il eut amèrement à le regretter par la suite. En effet, peu à peu, son profil de poste se modifia au fil des jours. Certains voulaient voir en lui un triptyque : un tiers de temps en qualité d'information sociale, un tiers en qualité d'agent d'accueil, et l'autre en tant que remplaçant ponctuel de permanences sociales classiques.

Le quatrième jour, on imagina le voir travailler, trois quarts agent d'accueil, un quart remplaçant de service social selon les besoins. « Pourquoi ne me demandez-vous pas de faire le jardin, pendant que vous y êtes ? »

La directrice apprécia peu ce trait d'humour, et pour seule réponse, lui lâcha une moue réprobatrice. Période d'essai aidant, et sans autre forme de procès, Roland fut congédié. Enfin, son quatrième et avant-dernier avatar fut celui qui lui valut de perdre le poste d'assistant social au service d'action sociale du personnel, après seulement trente-deux mois d'exercice, dont dix-sept en congé maladie.

Si les sept premiers lui avaient été reconnus en longue maladie et rémunérés à plein salaire, les dix autres ne reçurent que le label « maladie ordinaire », rémunérés à demi salaire.

Outre la perte de salaire et le manque à gagner de cotisations sociales pour la retraite, on ne reconnaissait pas l'ampleur et la validité de ses mois de souffrance. Cette non-reconnaissance de statut, vécue comme une humiliation, depuis n'a pas cessé de le hanter.

Roland avait bien essayé de faire appel auprès du Contrôle Médical Supérieur à Paris. En pure perte : celui-ci confirma les conclusions du congé de maladie ordinaire.

Malgré les conseils éclairés d'un avocat corse, spécialisé dans le domaine du préjudice corporel, qui lui avait déconseillé d'entamer toute procédure juridique, il déposa, malgré tout, auprès du Tribunal Administratif, un recours pour sursis à exécution. L'affaire fut rejetée deux mois après. Ensuite il commit la faute impardonnable d'interjeter un recours ultime au Conseil d'État. Trois mois après il retirait cette Requête : les frais d'avocat de la partie adversaire étaient à la charge du perdant.

De la sorte, bien qu'il eût mit un terme à cette procédure d'annulation, et alors que ses manifestations allergiques s'amplifiaient, il s'épuisait à vouloir se débarrasser de ce cauchemar obsessionnel : il recevait une lettre recommandée avec accusé de réception par laquelle on lui réclamait les honoraires astronomiques d'un avocat parisien, spécialiste du Conseil d'État.

Sa prière était toujours la même : « Mon Dieu, toi qui es aux cieux, protège-moi. Qui demande reçoit, as-tu dit. Aussi, je t'en supplie, éloigne de moi toute facture liée à ce Conseil d'État. Amen !»

Son cinquième et dernier avatar fut grandiose, tant en talent de manigance que de filouteries officielles.

Nous étions en juin, et le ministère de l'Intérieur avait fait paraître une annonce dans les *Actualités Sociales Hebdomadaires*, faisant savoir qu'elle recherchait par voie de détachement deux conseillers techniques, chargés de l'animation et de la coordination d'une équipe d'assistants sociaux au plan régional, l'un sur Dijon, l'autre sur Marseille. Étant donné le grade actuel de Roland, il s'agissait bel et bien d'une agréable promotion en perspective qui lui ferait gagner dix ans de carrière et tripler ses primes. Sans compter aussi, qu'il pourrait prendre une revanche inespérée sur ses anciennes collègues.

Candidat à ce poste de Conseiller Technique le 25 juin, il fut reçu, pour la sélection, à Paris le 29 juillet, et fut informé que sa candidature était retenue le 30 août. D'abord téléphonique la nouvelle fut confirmée par courrier le 23 septembre. Dans le même temps, le ministère de l'Intérieur sollicitait le détachement de Roland auprès de l'administration qui l'employait.

Le 30 septembre, le Secrétaire Général de la Préfecture de Région le convoquait, pour entretien, avant son entrée en fonction. Le 14 octobre, l'employeur de Roland confirmait au ministère de l'Intérieur que le détachement serait effectif le 15 novembre.

Enfin, le 21 octobre, l'employeur de Roland recevait un télex de la sous-direction de l'Action sociale, l'informant que le ministère de l'Intérieur annulait sa candidature : une candidate, issue du Ministère, avait été préférée.

Pour information, on retiendra que la candidate retenue avait déposé son dossier trois mois après l'annonce de recrutement par voie de détachement, et que d'autre part, le ministère rejetait la candidature de Roland, non seulement après l'avoir acceptée mais aussi, en pleine procédure de détachement.

Ajoutons à cela que le poste de Roland avait été mis à la vacance. Il avait donc fallu livrer combat pour le récupérer. N'y avait-il pas eu dans cette procédure de recrutement, trois vices de forme qui constituaient un manquement à la procédure de recrutement d'un fonctionnaire ?

Que Roland eût été reçu par le secrétaire général de Préfecture, et que sa future hiérarchie lui eût déjà adressé du courrier, à son nom et qualité de Conseiller Technique, tout cela tomba aux oubliettes.

Pugnace parfois, Roland essaya d'obtenir gain de cause, et réparation de ce préjudice. Peine perdue, le 30 décembre, une lettre du ministère mettait fin à sa lutte.

Les termes du Directeur des Personnels, de la formation et de l'action sociale étaient clairs :

« Par lettre du 24 novembre, vous m'avez demandé de bien vouloir vous indiquer les raisons pour lesquelles votre candidature, initialement retenue pour le poste de conseiller technique de service social à Marseille, a finalement été écartée au bénéfice de celle d'une assistante sociale du ministère de l'Intérieur.

« La politique de gestion des ressources humaines mise en place au sein de mes services a notamment pour conséquence de privilégier les demandes de changement d'affectation ou d'attribution des fonctionnaires du Ministère, dès lors que ceux-ci présentent les qualités requises pour remplir leurs nouvelles fonctions.

« Aussi, et bien que ne remettant pas en cause vos qualités et aptitudes professionnelles, l'application de cette politique m'a-t-elle conduit à privilégier la candidature émanant du ministère de l'Intérieur, bien qu'elle soit postérieure à la vôtre.

« De plus, s'agissant d'un recrutement par voie de détachement et non par voie de concours, aucun des éléments contenus dans l'annonce parue aux Actualités sociales et hebdomadaires du 12 juillet, ne faisait référence à une quelconque date limite de dépôt des candidatures.

« Par conséquent, le fait d'avoir retenu une candidature, certes postérieure à la vôtre, mais parvenue à mes services bien avant l'achèvement de la procédure de détachement vous concernant, ne saurait constituer, en quoi que ce soit, un manquement aux règles de recrutement des fonctionnaires.

« De même, le fait d'avoir interrompu en cours de procédure votre recrutement par voie de détachement, ne saurait être regardé comme un manquement aux mêmes règles de recrutement dans la mesure où il n'existe pas, dans les textes actuellement en vigueur, de droit au détachement. »

Ce qui revenait à dire : « Tu es viré ! Certes, on a reconnu tes qualités, on a pensé que tu faisais l'affaire mais comme on nous a conseillés de t'écarter parce que tu es un vilain canard, on a pris nos dispositions pour en recruter une autre, si possible pistonnée. Donc merci bien, merci pour tout, on n'a plus besoin de toi. Bref : va te faire foutre ! »

Bien entendu, la seule issue encore possible demeurait le Tribunal Administratif. Mais après tout, à quoi servait-il d'attaquer le Ministère auprès du Tribunal Administratif ? S'impose-t-on à la tête d'un service, par la force d'un magistrat ?

Non.

Quelqu'un, et même plusieurs personnes, avaient dû intervenir en haut lieu en sa défaveur. Mais qui ? Payait-il ses colères passées et ses inimitiés ? Était-ce son ancien chef de service ? ses anciennes collègues ? ses futures collègues du Ministère, à qui l'on avait pu raconter n'importe quoi ? un triumvirat quelconque animé par la revanche et la jalousie ? son appartenance syndicale anarchique ? ses sympathies politiques qui penchaient du côté de l'opposition d'alors ?

Roland avait trouvé la réponse, en son temps, mais n'a jamais voulu me la confier.

Ce qui devait arriver, arriva : du prélèvement sur compte postal opéré par erreur, jusqu'aux décomptes Sécurité Sociale ou de la Mutuelle, perdus ou faussés, en passant par des prélèvements de crédit ou de carte bancaire saisis deux fois, Roland connut pendant deux mois, les affres des démarches administratives itinérantes. Le summum fut atteint, avec la mise en demeure du tribunal de police, au sujet d'une contravention déjà payée. Aiguisant ses dents et affûtant sa langue, il fut sans pitié pour les parangons de vertu fonctionnarisés, jusqu'à risquer la punition judiciaire.

C'est là qu'il connut un début d'échanges littéraires avec le responsable de la Sécurité Sociale chargé de son dossier. S'ils avaient continué, nul doute que cela aurait pu constituer la publication d'une correspondance édifiante. Certes pas un remake des lettres de Madame De Sévigné à sa fille, mais d'une force sociologique tout aussi riche : celle d'un agent de la Sécurité Sociale à un Assuré également social !

## LE DERNIER TOUR DE PISTE

Était-ce par souci d'économie budgétaire ou par celui du confort et de la proximité, Roland et Tania décidèrent d'aller passer leur mois de vacances, août si je me souviens bien, dans la demeure que leur avait laissée un de leurs parents, à trente kilomètres de Marseille ?

Cette vaste et fraîche villa aux murs épais, présentait des atouts sérieux, d'une part pour effectuer les deux trajets nécessaires au transport des affaires — et quand il y a un bébé, c'est un véritable déménagement ! — et d'autre part, pour répondre présent aux investigations médicales, rendues inévitables.

Soigner ses allergies devenait la priorité de Roland. En effet, celles-ci redoublaient de violence. Malgré la cautérisation des cornées et un traitement fort, le nez se bouchait et les bronches s'obstruaient de nouveau. Cela allait jusqu'à la crise d'asthme biquotidienne et au double étouffement permanent : nasal et bronchique. Roland vivait des journées rétrécies, tant en ce qui concernait sa capacité respiratoire que de son rythme journalier. Dormant un minimum de douze à quatorze heures par nuit, qu'une sieste de trois heures complétait en après-midi, l'amoindrissement physique ne lui permettait plus aucune activité aussi peut sportive que ce fût.

Il faisait chaud. La campagne environnante craquelait sous la chape de plomb qui ne faiblissait pas. Les journées étaient consacrées à la lecture et au farniente. Entre deux sommeils.

Vers le 20 de ce mois d'août torride, Roland eut à subir des tests allergiques, qui révélèrent son allergie aux graminées, acariens, latex et codéine.

Compte tenu de la puissance des troubles, mon ami pneumologue décida de reporter la désensibilisation, de peur de provoquer un choc anaphylactique.

Cependant, nous dûmes nous rendre à l'évidence : Roland souffrait de plus en plus, jusqu'à devenir invalide. Nous décidâmes d'employer la manière forte pour enrayer le mal : isoler le malade par une hospitalisation de cinq jours, assortie d'un protocole thérapeutique en béton caractérisé par une perfusion biquotidienne, composée d'un mélange de corticoïdes antihistaminiques antibiotiques en flashes, ainsi que des inhalations d'oxygène, trois fois par jour.

À titre investigatoire, nous prîmes la précaution de pratiquer une bronchoscopie, mettant en évidence, une muqueuse enflammée, oedémateuse et duveteuse, ainsi qu'un scanographe des sinus, dont la lecture résultait du même diagnostic.

Rendez-vous fut pris avec l'oto-rhino-laryngologiste de l'hôpital qui eut la bonne idée de pratiquer un laser des cornets. Une résection fut décidée, sous anesthésie légère, indolore et particulièrement efficace. Cette méthode high-tech s'avéra nettement plus au point que celle du fer à souder précédemment pratiquée sur Roland.

J'avoue là mon vif mécontentement envers certains de mes confrères, — et en particulier l'O.R.L. du mois de juin — qui, négligeant certains aspects de leur devoir professionnel, comme celui d'informer leurs clients, préfèrent critiquer tel ou tel moyen thérapeutique — et en l'occurrence le laser —, pour l'unique raison qu'ils n'en possèdent pas.

Roland sortit tout neuf de son séjour en bulle aseptique, les bronches apaisées et les sinus désobstrués, tels qu'ils ne l'avaient jamais été, avec cependant, une sensation de fatigue cotonneuse et des os semblant fragiles comme du verre. Cela s'expliquait aisément : la prise de cortisone rend toujours les surrénales un peu faiblardes. Il s'agit d'un effet secondaire, qui rentre dans l'ordre, en quelques jours seulement, et si besoin est, en cas de gros problèmes, se solde au pire, par une injection-retard.

La mère de Roland avait vivement mis en question cette nouvelle hospitalisation. Le doute s'était infiltré dans l'esprit du fils. Cette mère encore et toujours continuait à lui insuffler l'angoisse devant toute chose.

Une semaine après, le spécialiste en question retira du nez de Roland, des croûtes formées après la brûlure du laser.

Après un examen minutieux de la muqueuse, le praticien estima son travail incomplet, surtout à l'extrémité haute du sinus, et proposa à Roland de recommencer l'opération. La formalité ne lui prit encore qu'une matinée, et lui permit la respiration par le nez, vivifiante et complète.

À partir de là, la désensibilisation anti-acariens et graminées put commencer, toujours aidée par la prise quotidienne d'antihistaminiques et d'inhalation portable.

Après trois mois d'injections quotidiennes, on put passer à la phase suivante, à savoir : une injection bimensuelle pendant trois ans.

Roland reprit alors ses activités professionnelles mais eut certaines difficultés à se remettre le sport. Le souffle manquant, il dut également renoncer à des cours de chant et de danse, qu'il avait envisagés, un temps, de reprendre, après plus de deux ans d'interruption. Cela remontait à l'époque où Jimmy Kederman, producteur des disques RKVO lui avait promis monts et merveilles. Roland n'avait reçu ni lettre ni coup de fil après le soi-disant feu vert prononcé par le Directoire, et personne n'avait daigné répondre à ses demandes, qu'il n'hésitait pas à réitérer, une fois par semaine. Roland s'ingénia dès lors à trouver dans son travail certaines satisfactions qu'il ne trouva point, tandis que, nullement découragé, il faisait le siège téléphonique des disques RKVO.

Cette opiniâtreté inaltérable fut, finalement payante, puisque à deux jours de Noël, Roland recevait, enfin, une lettre de Jimmy Kederman accompagnée d'un billet de train. Le producteur l'invitait à se rendre à Paris, début janvier. Il précisait qu'une pension complète lui était réservée dans un hôtel deux étoiles, dans le quartier du Marais, aux abords du Musée Georges Pompidou, .

Enfin, Jimmy Kederman s'excusait du retard pris, mais il avait démissionné des disques RKVO pour créer son propre label à trois lettres : JKD.

La période d'essai commença pour de bon, et nous qui l'avions tant rêvée, avions du mal à la croire pour vraie.

Durant trois mois, Roland passa toutes ses matinées en cours de chant et répétitions en studios, et ses après-midi, à enregistrer les maquettes de ses chansons. Le voilà qui devenait le bourreau de travail insatiable qu'il n'avait jamais été capable d'être.

Sans prendre la peine de visiter la capitale, lui, qui avait toujours eu de grandes réticences à l'apprentissage, se montra dès lors un élève assidu, attentif et travailleur, avec toujours le goût et l'envie de mieux faire.

Je me souviendrai toujours de la première difficulté de Roland à apprendre. Il me l'avait racontée. Il avait à l'époque six ans, et sa mère, l'avait emmené dans une Maison des Jeunes et de la Culture qui venait d'ouvrir près du domicile familial. S'y déroulait une audition collective, préalable à des cours de piano.

Le professeur, une femme d'un certain âge, lui avait fait pianoter quelques notes, et Roland s'était mis à pleurnicher. On le regarda et il ne le supporta pas. Il aurait voulu être entendu dans l'intimité.

Depuis ce jour, Roland n'a pu admettre qu'on lui enseigne la moindre discipline, surtout en collectif, et il eut alors toutes les peines du monde à s'adapter au moule pédagogique dispensé dans les écoles ou les clubs culturels ou sportifs, Roland préférait s'instruire par lui-même. Au fond, il n'a jamais supporté l'autorité. Ce trait de caractère le faisait souvent passer pour un enfant unique, égoïste et capricieux.

Et pourtant...

Bientôt, Jimmy Kederman donna son accord pour passer à l'enregistrement définitif. Cette étape passait par la signature d'un contrat qui liait Roland aux disques JKD pour une durée de cinq ans.

Un mois plus tard, Roland accouchait de son premier album. Le titre phare valsa pendant quelque temps au sommet du top 50.

Ce succès le conduisit dans les plus grandes villes francophones d'Europe, d'Afrique et d'Amérique, durant le printemps et l'été qui suivirent.

Désormais Roland se trouvait sur rails, vers la gloire, et il lui appartenait de confirmer son essai, avec un nouvel album.

C'est ce qu'il fit, et réussit.

Roland était guéri.
Roland chantait.
Roland vivait.
Enfin.

Quant à moi je ne prétends à rien par ce livre.

J'ai fait mon métier, et rien que mon métier, même si, pour Roland, je suis souvent allé au-delà des limites professionnelles.

Aujourd'hui, je l'ai dit, Roland est guéri.

Et il continue de chanter.

Je suis sûr que vous l'avez entendu, ou que vous l'entendrez, aujourd'hui même...

Du même auteur

Romans

*Kathleen*, Osmondes/Atlantica, 2001

*Rififi aux* Caraïbes, Atlantica, 2002

## Essais

*L'apprentissage de la citoyenneté locale*, Lacour, 2000

*Collectivités locales et interventions économiques*, Lacour, 2001

*Les budgets locaux depuis la décentralisation,* Lacour, 2001

*C'est quoi la décentralisation ?* Odin, 2002

*C'est quoi les finances publiques ?* Odin, 2002

*Le centre social et la reproduction de la précarité*, Lacour (à paraître)

Documents

À qui profite l'argent public ? Lacour (à paraître)

Guides et manuels

*Réussir les concours administratifs*, 2001

*Manuel d'éducation civique pour tous*, Lacour (à paraître)

Achevé d'imprimer en octobre 2002
sur les presses de DUMAS-TITOULET Imprimeurs
42000 SAINT-ETIENNE
pour le compte des éditions Le Bord de L'Eau
Dépôt légal : octobre 2002
N° d'imprimeur : 38017 B
Catalogue : www.editionsdbl.com